U0901655

向南飞

林跃奇/著

漳州作家丛书

陈燕松/主编

中国華僑出版社
·北京·

图书在版编目（CIP）数据

漳州作家丛书 / 陈燕松主编 .—北京：中国华侨出版社，2018. 10

ISBN 978-7-5113-7767-8

Ⅰ . ①漳… Ⅱ . ①陈… Ⅲ . ①中国文学—当代文学—作品综合集 Ⅳ . ① I217.1

中国版本图书馆 CIP 数据核字（2018）第 216910 号

漳州作家丛书：向南飞

主　　编 / 陈燕松
著　　者 / 林跃奇
责任编辑 / 文　心
责任校对 / 孙　丽
经　　销 / 新华书店
开　　本 / 670 毫米 ×960 毫米　1/16　印张 /324　字数 /4281 千字
印　　刷 / 三河市华润印刷有限公司
版　　次 / 2018 年 11 月第 1 版　2020 年 2 月第 2 次印刷
书　　号 / ISBN 978-7-5113-7767-8
定　　价 / 980.00 元（全 24 册）

中国华侨出版社　北京市朝阳区西坝河东里 77 号楼底商 5 号　邮编：100028
法律顾问：陈鹰律师事务所
编辑部：（010）64443056　　64443979
发行部：（010）64443051　　传真：（010）64439708
网　址：www.oveaschin.com
E-mail：oveaschin@sina.com

《漳州作家丛书》总序

漳州是中国历史文化名城，历史悠久，文化深厚。在文化的星空，群星璀璨，先后涌现出黄道周、林语堂、许地山、杨骚等文化名人，令我们引以为傲。

四十年改革开放，四十年风雨兼程。漳州土地，生机盎然，文学创作也迎来繁荣发展的春天。应是春风吹拂，应是文脉相承，一支包括了老、中、青三代作家的队伍正在悄然形成。2004 年，漳州市委宣传部、漳州市文联编辑出版了第一套《漳州作家丛书》，有十二人，十二本。时隔十多年，在祖国改革开放四十周年的今天，漳州市委宣传部、漳州市文联再次编辑出版第二套《漳州作家丛书》，展现活跃在省内外文坛的二十四位当代作家的创作风采。十二到二十四，这不仅是作家作品数量的增加，更是漳州文学创作水平质的飞跃。

《漳州作家丛书》的出版，旨在展现漳州作家的创作成果和创造实力。以期让更多的人，通过这套丛书，了解漳州，关注漳州，热爱漳州。同时，我们也希望，通过这套丛书的出版，能够激发漳州作家深入生活，体验人生，潜心于文学创作，用更好的作品回馈家乡，回馈人民，回馈时代。

《漳州作家丛书》编委会

2018 年 10 月 1 日

目 / 录

向南飞

燕鸥祖孙三代由北极向南极迁移。

他们依依不舍地绕着北极大陆盘旋，含泪离开了。

爷爷说：“孩儿们，我们一定要坚强，克服困难，飞到南极，繁衍后代。”

一家人向南极飞行，孙子问：“爷爷，南极有多远，你去过吗？”

“有三万多公里，爷爷每年都去，今年也不例外，我们要到南极过冬。”爷爷答道。

燕鸥一家子张开巨大的翅膀，扇着风，向南极飞去。他们飞啊飞，飞了很久，累得没有力气扇动翅膀了。爷爷说：“休息一下吧。”爷爷向地面一看，恰好飞在森林的上空。

“我们到森林里找些吃的。”爷爷说。

“大家注意人啊。”奶奶讲。

“人是什么？”孙子问。

“人是一种动物，他们大大的头，长长的脚，长长的手，专吃能吃的动植物，又聪明，又贪婪。”奶奶说。

“好吧，那要小心。”孙子对孙媳妇说。

一家人在森林上空盘旋，他们找到了一处湖泊，飞下去。孙子叫道：“太好了，有水喝。”爷爷说：“不急，我先试试。”

爷爷低下头喝水，良久，他说：“喝。”其他人迫不及待地喝起水来，喝完水，他们找到了可吃的鱼虾。吃饱饭，一家人挤在一起休息。

他们太累了，刚闭上眼，就一个个地鼾声大作。

突然，森林里有响声，两个人的对话声："看，大鸟，准备射击。"两人举起枪，对着大燕鸥瞄准。

爷爷听到了人的叫声，醒了过来，细听，声音没了，他睁眼一看，只见两个人在那举枪瞄准，他嚷道："快跑，人要杀我们。"

大家展翅飞起，爷爷和奶奶飞在最后，保护儿孙。两声枪响，又两声枪响，爷爷和奶奶惨叫两声，从空中掉下去。

爷爷喊道："孩儿，要提防人！"

燕鸥儿孙们掉头看着掉下去的爷爷和奶奶，个个泪流满面，他们用力向高空飞去，离开了这可怕的森林，向南极飞去。

他们化悲痛为力量，奋力飞翔。飞累了，爸爸看到了一片湖泊，湖边满是高高的烟囱，燕鸥们飞不动了，他们只得盘旋而下，来到了湖边。湖边，几条鱼，几条虾懒懒地在水边游着，不时地出水冒泡。

爸爸先喝水，良久，他说："孩儿们，吃吧。"

燕鸥们喝完水，找了些懒鱼虾，填饱肚子，他们把头放在翅膀下，挤在一起休息。半夜，燕鸥们个个肚子绞痛，爸爸说："中毒了，鱼虾有毒，把食物吐出来。"

燕鸥们摔着自己，把肚里的食物痛苦地摔出来。孙子和孙媳妇侥幸地活了下来。

爸爸临终前说："孩儿，水里有毒！"

燕鸥孙夫妇哀叫两声，扇动巨大的翅膀，向南极飞去。他们飞到一片白茫茫的大沙漠，飞不动了。大漠中有块绿洲，有片湖泊，夫妇俩高兴地俯冲下去。按规矩，孙子试喝了水，没事。俩人喝了水，找了鱼虾，吃饱后，依偎在一起，静静地睡觉，没有人打扰他们入梦。

突然，一声巨响，从地底传来，夫妇俩醒来，惊叫着向半空飞去，他们身后，一颗巨大的子弹追着他们。瞬间，子弹爆炸，再爆炸，子弹变成蘑菇云，遮住了半边天，孙子飞在后面，他用巨大的翅膀保护媳妇，无数的射线射中他，他麻木了，掉了下去。

燕鸥孙子喊道："媳妇，你有身孕，要到南极繁衍。"

燕鸥媳妇哀叫两声，忍住眼泪，奋力攀高，向南极飞去。

夕照鹭鸶

夕阳下的鸡鸣市白沙湾是那么恬静，一抹晚霞，一颗闪烁不定的将要落下海的太阳，在海天之间游移，长长的夕阳在海面上泛着光圈。

一群群白鹭鸶在海滩上嬉戏，有的在水面时高时低地飞来飞去；有的两只在一起呢喃，亲热地为对方捋毛发；有的在湾边深草间蹦跳着；有的在退潮的海滩上安详地踱着方步。鹭鸶家族在这里繁衍生息已经一百多年了，它们形成了一个大部落。这个大部落的村民们和这里淳厚的渔民们朝夕相处，感情甚笃，人至而鹭鸶不去。白鹭鸶部落成了白沙村一道美丽的风景，白沙村旅游业因而发展。

有一日黄昏，夕阳把西边的天化得像一美丽少女。忽一人于湾边张网，几只鹭鸶不小心地撞上网，头和脚被网住了，翅膀拼命地拍打，哀鸣着。鹭鸶闻声皆飞来，但面对巨网束手无策，只能在天上不停地盘旋，哀鸣声一阵紧似一阵。不久，天黑了，那人把鹭鸶抓下放进大篓，收起网偷偷地走了。

城里，美食城酒家，MTV 包厢里，食客们对红烧鹭鸶交口称誉，老板得意地说：“这是本地一名特产，刚被开发，取之不尽……”

这样，每天黄昏，在白沙湾边，总看到一张网，一个人，听到一阵阵鹭鸶的哀鸣声，慢慢地网成了两张，人成了两个……，甚而有了枪声。鹭鸶安静的生活不再安静，它们因这些入侵者而恐慌。鹭鸶首领召开部落首领会议，他说：“我们是世界上现存历史最悠久，种类匮乏的红嘴丹顶白鹭鸶，我们和当地居民和平共处，荣辱与共，我们的祖先还救过白沙村的长老。而现在世道变了，为了保护部落，我们须和他们谈判……”

谈判如期进行，鹭鸶代表团和白沙村代表团在唇枪舌剑地论辩，最后白沙村答应保护它们。鹭鸶代表团为谈判成功而欣喜，它们的生活重归平静。但好景不长，不久，捕猎者更为猖獗。鹭鸶为人类的不守信用而恼怒，夕阳下一只只触网鹭鸶的哀鸣声让鹭鸶首领揪心的痛，他再次召开大会，痛心地说：“我们已失去了四五千个同胞，如这样下去将面临……”

白沙湾边夕阳像喝醉了的汉子，红着脸踉跄着在天边走。捕猎者藏在树林里，等待猎物的落网。

忽然一阵阵鸟鸣声响彻天空，五千只鹭鸶像一大片白云猛扑向树林，鹭鸶们愤怒地鸣叫着，它们用嘴猛啄着敌人。捕猎者个个抱头鼠窜，哭爹叫娘，头破血流，眼瞎鼻子掉。

一会儿，战斗平息了，五千只鹭鸶哀鸣着，绕着白沙湾飞了一圈，如一抹白云，恋恋不舍地向着夕阳飞去……

冰剑

南极大陆，人越来越多，企鹅的生存空间越来越小。

企鹅滴滴决定拜师学艺，为企鹅们讨回栖居地，拯救企鹅。他找到了从不收徒的冰仙，说明缘由，冰仙破例收他为徒，教他习武，数年后，滴滴终于艺成出师，他在师傅面前发誓：冰剑所到之处，正义自立、公道自在。

滴滴来到了人聚集的地球城，滴滴要他们退出企鹅的栖居地，让企鹅安心生活。地球人看着小小的滴滴，一个个大笑起来。一个为头的人说：“小企鹅，你学会了说人话，就不知道天高地厚了，地球是人类的，人要让谁活，谁就死不了，你一只企鹅，竟敢命令人。”

滴滴吱吱笑起来，他说：“人有多大的能耐，你们在其他地方可以说大话，但在南极说不了大话，你们个个要穿厚厚的衣服抵抗寒冷，谁敢像我这样不穿衣服。”

人被问得一个个无话可说。滴滴又说：“你们不退回去，我就让你们冻死在这里。你们要有良心，要考虑企鹅的生存，而不可一味地想着你们能活就好。没有企鹅，人来南极大陆也没意义。”

一个戴着防雪镜的高个子人叫嚷道：“把这会说话的怪企鹅给杀了，别费口舌。”说着，高个子人举起手枪，瞄准滴滴。

滴滴说：“太不像话了。”高个子人的枪响了，子弹飞了出去，滴滴右手快速一动，一把冰剑飞出，冰剑把子弹冻在空中。高个子人呆在那儿。随之，滴滴左手飞速一动，一把冰剑又飞出去，把高个子人的右手切了下来，高个子人在地上打滚，他手臂上流出来的血随之也被冰剑冻住了。

其他人纷纷拿起武器，围攻滴滴。

他们一起朝滴滴开枪，滴滴腾空一跃，摆出天女散花的姿势，两手飞速地飞动，冰剑一支支地向一个个人飞过去，冰剑把每个人手中的枪给冻住了，子弹射不出来，全部冻在枪膛里。

人全呆了，盯着滴滴。滴滴大笑，一个漂亮的企鹅独立，两手一飞，人全都冻在当地，两只手摆着举枪的姿势，动弹不得。

滴滴走近人，说："这是对你们最仁慈的待遇，企鹅是最仁慈的，是最愿意和善良人交往的，你们好好考虑一下，三天后，我等你们人的消息。"

滴滴走了，不一会儿，另一群人从外面回来，解救了他们。人不停地商量着办法，他们决定与滴滴再做一较量，用最先进的核武器来对付滴滴。但是也有一小部分人反对，他们认为这不仅会毁了南极大陆，还会毁了自己。但是少数服从多数，为了消灭滴滴，维护人的绝对利益，只得这么做。

三天后，滴滴又来到地球城，地球城城门紧闭，没见到一个人。滴滴在门外大叫。城上探出一个人，他大声说："滴滴先生，我们不同意你的意见，你走吧。"

滴滴说："你们的头也不同意吗？"

白帽人说："所有人都不同意，大家说人类从没向谁屈服过，更不要说企鹅了。"

滴滴说："那好吧，我让你们屈服。"

滴滴连发冰剑，把说话的人冻在城垣上。滴滴飞上了城墙，滴滴看到一颗巨大的子弹向他飞过来，滴滴飞到子弹的上方，子弹也跟着飞过来。

滴滴双手天女散花，一把把冰剑飞出，把子弹包围起来，子弹被冻在半空中，下不来，也炸不了。

滴滴刚着地，又一粒更大的子弹飞来，对着滴滴狠狠地射来，滴滴来个一鹤冲天，无数的冰剑从他的手中飞出，一把把冰剑把核弹给包住了，核弹被冻在半空，像是一个不落的月亮一样。数不清的核弹不断地向滴滴飞过来，滴滴的冰剑超音速地飞出来，半空中冰满了一粒粒白月亮。

没有核弹了，滴滴走在冰地的街道上，他来到了城主的楼前。一群士兵围过来，向他开枪，滴滴飞出冰剑，冻住了子弹，冻住了士兵。

滴滴走进办公室，城主坐在那里，见滴滴走进来，他按下一个按钮，一张大网落下来。滴滴双手一动，超音速冰剑飞出，把大网冻在半空中，无数的子弹向他射过来，滴滴用冰剑把自己团团围住，子弹掉落在地，他又射出一支支的冰剑，把城主和一个个人冻在室内。

滴滴站着阐述理由，一个个人站在那静静地听。

城主听完，无奈地点了点头，城主用冰冻似的声音说：“人类后撤六百公里，归还企鹅栖居地，永久不得再侵入。”

滴滴把一个个人给解冻了。城主拿起笔，写下了诺言……

功能变异

鸡鸣市喜获一条名叫嗅官的特种犬，此犬能够凭气味嗅出贪官的钱财藏身处，此犬一到，战功赫赫，全市官员谈嗅官色变。

官员六六心惊，暗地里研究嗅官，知其与母狗交配必失敏锐嗅觉，六六遂谋划除掉嗅官的嗅钱功能，以除后患。一日，六六与管理嗅官的官员在管理处喝酒，说起嗅官的嗅觉，管犬员将其神化，神化得六六喝下了白酒，心里还是冷冰冰的，惊颤颤的。

管犬员强调嗅官不能与母狗交配，一旦交配就失去功能。六六假装不懂，两人一来二去，推杯换盏，管犬员喝醉。六六将犬房的钥匙拿下，打开房门，将藏在外头的母狗牵进犬房，公狗与母狗互相嗅了嗅对方，遂交媾。良久，六六拉走母狗，看了看嗅官，犹豫地关上门，把钥匙放回管犬员身上，放心地离开了。

六六高枕无忧，天天下班后遛狗为乐。

一天，巡视行动组大行动，由公安局长带头，要去查某官员，管犬员拉着嗅官冲在前头。路遇六六在他家附近遛狗。嗅官看了，冲过去，围着母狗嗅来嗅去，亲昵得像夫妻。管犬员用力拉嗅官，但拉不走，全组人只得站在那等待。

六六心怕。

管犬员说："把母狗带走，我拽不开。"六六把母狗带回家，刚要关门，嗅官冲进他家，巡视组的人员也随后跑进来。

六六大叫："你们干什么？"

管犬员道：“我们拉嗅官，它是我们行动的灵魂啊！”

六六哭笑不得。

且说嗅官进了六六家，不找母狗了，它两只耳朵竖起，兴奋地号叫着，跑到一棵桂花树下，用前爪刨着地。又兴奋地跑进鱼池，兴奋地踩着水。

行动组成员面面相觑，组长说：“挖，这是意外的收获。”

六六大声喊叫，阻止他们的行动，要求行动组拿出搜查证，公安局长把搜查证高高地扬了扬，说：“我们在执行任务。”

六六浑身发软，无话可说。行动组从桂花树下挖出两铁箱金条，从鱼池下挖出了一百箱人民币，和三箱古董。

嗅官呻吟了两声，扑向母狗，与它亲热起来，六六看了，背过气去，哐啷一声，晕倒在地。

六六被带走了，他如实交代了贪污受贿的罪行，末了，他问：“不是说嗅官交配了，就嗅不出钱财吗？”

管犬员说：“理论上是这样，但事实是：当嗅官犬再次见到情人时，嗅觉的记忆会被重新激起。”

组长说“我们盯你很久了，苦于无从下手，今日是歪打正着，你自投罗网了。”

六六听了，后悔慎独一生，粗心一时，没把嗅官弄死。

六六跳起，头对着墙撞过去。

审羊

公安局刑警大队打来电话，侦察员雷来迅速前往案发现场。

鸡鸣市北街，案发现场，一幢古建筑被炸为平地，废墟一片，空中弥漫着火药味。雷来抵达现场时，火药味呛得他直打咳嗽，雷来一手捂住嘴巴，一手拿着相机。办案人员小林和小方，用手挥了挥空气。

咩咩咩，一声羊叫声从烟雾中传来，雷来循声看去，一只母羊从废墟中走出来，咩咩叫着。

“废墟中怎么有羊呢？”雷来说：“把羊捉住，不要让它跑了。”小林和小方跑过去，见羊的脖子上有绳子，小林一下子把绳子抓住，羊被控制了，又咩咩地叫了两声。

雷来走进废墟，在砖瓦之间走来走去，他看到了一个被炸断的羊头。

小林在录像，雷来叫道：“你们看一看，现场有两只羊，一只被炸死，一只活着，难道有人在这里关羊吗？”

这时，街道办事处的人来了，房主人也来了。房主人说：“这里已经没有人住了，也不可能关羊啊。”

看完了现场，大家一头雾水，爆炸的动机是什么，是怎么实施爆炸的，两只羊为什么会出现在现场？一连串的问题把雷来给问住了。

羊被当成重要物证收审了，专案组举行会议，商谈破案方法，但不得要领。

雷来回到家中，见女儿正在看电视，电视演的是《喜羊羊与灰太狼》，他坐下，跟着看了一段，突然灵机一动，决定试一试。

爆炸现场，雷来穿着便服，走在母羊后面，羊咩咩地叫着往前走，雷来边走边叫唤：“卖羊啊，卖羊啊。”

雷来的身后，远远地跟着两个年轻人。

羊咩咩地叫着，没有草吃，它肚子饿了。羊穿过爆炸现场，向着一条巷子走去。巷子前面，有个男青年挑着两只竹筐，在前面走着。羊咩咩叫着，跑过去，男青年见羊跑来，遂急急往巷子深处走去，母羊紧随不舍，男青年快跑，瞬间消失在巷子里。

羊咩咩叫着，一步一点头，它轻车熟路地来到了一户人家，站在门口咩咩地叫，并用角顶撞门。门内走出个青年人，青年人看到羊，慌慌地转身进入屋内。

羊站着，不停地用角顶门，咩咩叫起来。

雷来叫卖声没有停息，他见到青年人慌慌张张，立即示意跟进的小方和小林，包围了这所房子。雷来上前敲门，一个老人出来，老人见到羊和雷来，愣了一下，说：“我家有羊，我不买羊。”

雷来笑答：“羊敲你家门，请你开一下门，我有事跟你谈。”

门打开了。小方躲在远处，盯着前门，小林躲在墙下，蹲守围墙。

母羊咩咩地叫着，向后院走去，雷来跟进，后院，有两只小羊，正在吃草。母羊咩咩地走进去，小羊见是母羊，咩咩地欢叫着，跑过来，挤到母羊胯下，吸起羊奶来，母羊快乐地咩咩叫。

雷来问老人：“这是你家的羊吗？”

老人说：“是我家的，怎么会跟你在一起呢？我昨天找了一整天，以为丢了呢？”老人答。

“你家有几只羊啊？”

“大小四只啊。”

“还有一只羊呢？”

“我不知道啊，昨天跟母羊一起消失了，我急着找呢？”

“你儿子呢？叫他出来。”

老人对着内屋叫:“黑仔，黑仔，出来。”

黑仔低着头，从内屋冲出来。向着大门口跑去。

黑仔冲出大门，小方听到脚步声，也向门口冲去，两个人在门口相遇，小方迅速地用擒拿术把黑仔擒住。小林听到脚步声，快速跑到大门口，把门关上。黑仔的双臂被反扭起来，押到雷来面前。

雷来站起来，掏出证件，说:“老伯，我们是公安局的。我们在侦查古建筑被炸案，这羊是主要的证物，它进了你家，说明这案子跟你家有关系。”

老伯说:“我不知道啊。”

雷来转向黑仔说,“黑仔，你家的羊怎么跑到古建筑现场，你知道吗?”

“不知道。”

“坦白从宽，抗拒从严。你不懂吗?”

黑仔低下头，沉默着。

老伯哭起来，说:“黑仔啊，你可不能干昧良心的事啊，爸等你养老送终啊，你若知道，要老实交代。”

黑仔抿了抿嘴，咬了咬牙，缓缓地把事情说出。

公安人员押走了母羊和黑仔，留下了哭泣的老伯。

另一路公安人员来到万能房地产开发公司，带走了公司老总。

租个妞过年

龙东三十好几了，仍未成家。今年春节要如何面对年迈母亲的唠叨呢？光棍龙东踽踽在特区空旷的夜里，满脑苦闷。

龙东忽瞥见街旁一广告牌——人才出租公司。龙东心思一动，踱进公司。小姐遂上前介绍：“先生，您要租赁保镖、情人、秘书、用人……这是我公司的业务范围，您请过目。”龙东接过簿子，浏览了一下说：“小姐，我租个情人，租期十天。”小姐莞尔一笑，说：“先生，请您随我去挑选。”龙东随小姐到了另一大厅去挑选了一名二十六岁的靓妞，签了合同，就租了辆出租汽车北上回家过年了。

龙东带着靓妞回鸡鸣市老家过年的消息成了村里的焦点，村里各个角落都在议论他们。村人好奇，就像十几年前围着看“铁牛”进村一样看龙东的情人，大家对她评头论足，说像这样会描眉涂口红抹指甲油的披肩发鸟脚水查某怎么能下田锄地挑水桶呢？

靓妞叫川兰。一进门就妈妈长妈妈短地叫龙东的妈。乐得龙东妈合不拢嘴。吃饭时川兰又不停地给龙东和他妈夹菜，反客为主，俨然是主人，龙东妈微笑地谦让着。川兰和龙东边吃边谈笑，惹得来看的村人羡慕不已。有人忌妒地说：“刚恋爱新鲜，我看过不了两天就过时蜡味了。”村里的沙路软，川兰穿着高跟鞋走不习惯，一出门就要牵着龙东的手，倚着他，显得很亲密。村里的小孩一大群疯似的跟着看稀奇，指指点点，嘻嘻哈哈，臊得川兰脸红如丹。

年三十晚上，龙东妈对他说：“囝啊，今晚给你们圆房吧，这是个好日子，过后你们再去领结婚证吧。”

龙东暗暗叫苦，脸一红，急道：“妈，没给川兰家说，怎么行呢？”

“你去解释吧。我所有的手续现在就给你办了。晚上九点圆房。”

当晚，龙东只得向川兰摊牌。川兰笑说：“你睡沙发，我睡床，不就能对付过去吗？再说就最后一晚了，有何难处。”

龙东只得屈驾在沙发上饱受蚊子的热情款待。两人不停地说着话。川兰说：“这经历太刺激，太有意思了。”龙东说：“可这却苦了我，村里人明天就都知道我结婚了，看来我这辈子光棍打定了。”川兰说：“活该，谁叫你这样死要面子。”

不一会儿，川兰困了，睡了。龙东躺在沙发上，满肚子是苦味，一会儿长吁一会儿短叹。忽而一非分之想闪过，遂蹑手蹑脚地过去，掀开蚊帐探过身，一股香气直扑鼻孔。只听川兰翻了个身，梦呓道：“龙——东，别……”龙东冷汗直流，如被棒喝，忙撤回沙发。

鸡叫了一遍又一遍，龙东的眼睛直盯着天花板。

第二天，租期已满。川兰和龙东又相伴回特区。车上，川兰拿出笔记本电脑算起账来，川兰说：“牵手费、叫妈费、夹菜费、感情损失费、同房名誉损失费……共计七千八百元整，加上租金两千元整，总额是九千八百元整。”龙东愕住。

川兰笑说：“你是我碰到的租主中最诚恳最老实的一个，感情损失费、同房名誉损失费、叫妈费不计。我愿意无偿付出。”

川兰说完，满面霞红。龙东惊喜地握住她的手。

请进，姐儿们

结盟宿舍的女同胞说要来视察我们的生活。

全宿舍八个光棍如临大敌，突击行动，把宿舍里里外外收拾得雪亮，天花板扫荡过，牙杯排成一字形，脸盆排成一字形，毛巾挂成一字形，床底鞋排成一字形，蚊帐统一掀起，被子叠成垂直状直角形，书摆得整整齐齐的，每张书桌上摆上一本打开的书，装出正读书的态势。

一切料理完，八个人就正襟危坐，装出一副正专心读书的面孔。又把门关上，欲制造“千呼万唤始出来”的效果。

接着是等待。难耐的是等人的时间，过了一个小时，还没听见女同胞的敲门声，很多人就有点烦了，大家有的躺在床上，有的把脚跷在椅子上，有的两人开始聊起天来。

“笃、笃、笃。”轻轻而有节奏的敲门声终于响起，听起来很是悦耳。宿舍里一阵慌乱，八个光棍各就各位。大家知道那轻轻而有韵味的敲门声意味着什么。我这急先锋就小声地说：“来了，哥儿们，准备好！”八个人相视了一眼，会心地一笑。我就爽朗地大声说：“请进，小姐们。”然后轻轻地打开门。

“哈哈……男的。”我们都哄堂大笑。

进来的是隔壁宿舍的小军，小军有点女孩味，怪不得他的敲门声那么轻而有韵味。小军被我们笑得脸红起来。他尴尬地笑问我们有什么好笑的。他把自己从头到脚又看了一遍，发现自己没什么地方有毛病，就抬起头用打着问号的眼神瞧着我们。他这细节引来了我们更大的笑声。小军不理睬我们的笑声。他开腔告诉我们说他刚才在路上碰到我们结盟宿舍的一个酷女，她让小军告诉我们，今晚她们不来视察了。

唉，真是扫兴！八个光棍一个个被小军的话击得有气无力的。没词了，我把门砰地关上了。

八个人又恢复了他们的生活习惯。有的睡觉，有的边打扑克边抽烟，有的边啃瓜子边看小说，有的边练字边哼歌。宿舍一会就像猪窝般的乱，满地的瓜子皮、废纸、烟头。空气里满是臭墨味和烟草味。我则脱掉外衣外裤，放下蚊帐，躺在床上看我的琼瑶。

“笃、笃、笃。”敲门声又响。

宿舍里八个人谁也不在意。

“笃、笃、笃。”敲门声再响。

宿舍长抬起头对我嚷道:“小雄，你在门边，开下门，我们正忙着呢。”

我不大情愿地从琼瑶白雪公主的情节里跑出来，没好气地嘟哝着:“门没锁，自己没长手，怎么不推进来。”

我穿着裤衩打开门，是两个陌生男生，我一愣，一问是找舍长，我把他们让进门来，他们和舍长谈了会儿话，就告别了，门也随之砰的一声关上了。

宿舍里牌战正炽。吆喝声不断，助战声更是高昂，整个战场冲杀声连连。

“笃、笃、笃。”敲门声又响，这次我就不管它了。敲门声连续响了三次，舍长骂道:“小雄，你死了，赶快开门，你没看到我们战得都没火药了吗。”

我只得从被窝里钻出，穿着裤衩，赤着膊去开门，嘴里狠狠地骂道:“神经病，烦死了。”

门打开了，八朵美丽的花站在那里，清一色的白衣白裙。我目瞪口呆，脸刷一下火辣辣的热，像是有无数的小虫在撕咬着，恨不得找个缝钻进去。她们中有个人大叫了一声。我醒悟了过来，迅速转过身，钻进蚊帐，穿起衣服。

宿舍里其他光棍听到叫声，转过头一看，也都脸现窘态，慌里慌张地收兵鸣锣，躺在床上的也火速穿衣起床，弄得铁床吱吱叫。

八朵花微笑着鱼贯入室。我们一个个红着脸，像是一群玩得正开心的侍女忽遇皇帝幸临似的低着头，垂手站着，一个个都忘了打招呼。

爱情红苹果

鸡鸣市的晓红当了一回伴娘后，对当新娘就很向往，她感觉朋友的婚礼有点美中不足，没有一个非常热烈的新郎新娘咬苹果的仪式。

晓红一直很向往结婚仪式中咬红苹果的仪式，因为这仪式在她看来很热闹，很浪漫，许多人围在一起，很有兴致地看，夫妻俩人拱着一颗悬在半空中的大苹果，苹果左右晃荡，这样就可检验新婚夫妇的默契程度。如果配合不够默契，没有心心相印，就很难配合。

晓红希望巧遇一位白马王子，与他结秦晋之好，把他带回乡下的老家结婚，请一个有身份的司仪，为他们主持这么一个咬爱情红苹果的仪式，让所有乡下未结婚的，结了婚的男女们羡慕不已。

晓红的公司在金融危机的冲击下倒闭了，晓红闲来无事，待在出租屋里胡思乱想，不管怎么想，脑中只有五个字：爱情红苹果。不知为何，是年龄大了，太孤独，还是渴望有个男人结婚。

正当她沉醉于幻想世界中时，传来了轻轻的敲门声。

白马王子吗，晓红打了个问号，懒在床边，不理睬。

门被敲得大声起来，声音直刺着晓红的耳膜。晓红站起来，打开门了，惊叫一声："娟娟，你？"

娟娟鼓着嘴道："你这人，敲了老半天的门，是不是一个世纪没有吃饭，走不动了。"

晓红笑道："正被你猜着了，我失业了，没饭吃。"

娟娟边进门边说："我也失业了，正想到你这儿蹭饭吃，看来是找错门了。”说完就把挎包扔到沙发上，整个人也随之扔了进去 。

晓红道：“我们干脆自己当老板，开一个店。”

娟娟喝了一口水，笑道：“开什么？”

晓红笑道：“网吧到处都是，没有特色，酒吧档次太高，我们开不起。我看开个水果饮吧。花钱不多，如果开出特色来，还可收入不菲。”

娟娟沉思了一下，微笑说：“这个主意不错，可怎么能开出特色呢。”

晓红眼睛盯着天花板，痴痴地想着。一会儿，她笑着跳起来叫道：“有了，我们饮吧的名称就叫‘爱情红苹果’，增设一个趣味性表演节目叫‘新郎新娘咬爱情红苹果’。”

晓红刚一说完，娟娟就笑道：“你想结婚都想疯了，不过创意挺好的，可以实施。”

两人就密谋实施方案，不久，“爱情红苹果”饮吧隆重开业。开业第一天，晓红请娟娟和他的男友演新郎新娘，自己当司仪，表演咬苹果仪式。晓红把一颗红苹果用红丝线结着蒂，站在铺着红布的椅子上，用手提着苹果，她看着娟娟和男友在下面一拱一拱地用嘴推着红苹果，不由得很向往，仿佛是自己在咬红苹果。这一特色表演，当日就给饮吧带来了两千多元的收入，喜得两人抱作一团。自此后，这一传统节目就由娟娟和她的男友客串表演，有时顾客们也自己登台体验，这一新鲜的玩意儿让饮吧生意一下子红火起来。

晓红藏在心中的那个梦想就时时地被点击出来，在太阳下晒。晓红想：“什么时候能有一个心仪的人和自己咬红苹果。”

一日晚上，“爱情红苹果”饮吧刚开门，就有个二十六七岁的男人走了进来，他穿着蓝色牛仔裤，白色T恤。

他走到收银台前，板着脸对晓红说：“老板，我要亲自体验一下咬苹果。”

晓红看了他一眼，这男人挺帅的，但眼睛无光，死气沉沉。她微笑说：“先生，等会儿客人多一点，就让你体验。”

男人看着晓红道：“我要和你一起表演。”

晓红道：“我们有专人配合客人，但不是我。”

男人说：“我就要和你一起，你要多少钱都行。咬完苹果后，钱对我就没有用了。”

晓红道：“为何如此，你这么帅的人怎么有如此想法。”

男人没有应，只是看了晓红一眼。转过身走到椅子上坐了。

晓红看着这男人，品着他刚才说的话。一会儿，客人多了起来，晓红走到男人旁边，微笑说：“先生，请你和我们的表演小姐一起体验咬苹果。”

男人僵着说：“我只和你。”

晓红红着脸，僵在那。

男人站起来，走到咬苹果的椅子旁，晓红抿着嘴，也挪动脚走到椅子旁。娟娟说：“那我只好当司仪了。”仪式开始，红苹果悬着红丝线在娟娟的手中左右晃荡。晓红头脑一片乱糟糟。她扬起头盯着红苹果，男人把晃荡的红苹果咬住，送到晓红的嘴上，晓红下意识地用嘴咬了一口，她感到一个红红的东西射进她的心中，把她的心给射穿了。随之有一股电流从红苹果中闪电般地麻醉了她的所有神经，一股很男人的味道把她给熏醉了。

不知过了多久，仪式结束了。男人把怔在那的晓红扶坐在椅子上，拿出一叠高高的百元人民币，放在收银台上。对愣怔的晓红说：“谢谢你帮我完成我的梦想，我去见死神无憾了。”

说完，男人提脚走出“爱情红苹果”饮吧。

晓红听到男人的那句话，从愣怔中醒了过来，见男人已迈出大门。她大声哭喊道：“回——来！”随之百米冲刺般冲了出去。

巧治大财主

邱蒙舍鬼点子多，是鸡鸣市出了名的“歪才”，且好打抱不平。

一日，他从邻居邱明家经过，听到邱明的妻子在哭，邱明坐在大厅里长吁短叹的，他就走进去问道：“邱明兄，出了啥事？”邱明见是邱蒙舍，就诉苦道：“那地主邱文彩也太不像话了，今年我家收成不好，他要收的苛捐却比去年还要多，我把所有的粮食都给了他，还是不够，现在又逼着要，再说，要过年了，我家却没一文钱，且瓮底空空，过啥年啊！因而就在此唉声叹气了。”

邱蒙舍知道地主邱文彩是个无恶不作的大坏蛋，昧了良心，黑了心肝。他安慰了邱明一番，又拿出一两纹银给邱明，说：“你去置办些年货准备过年吧。邱文彩，我会惩治他的。”邱蒙舍走出邱家，一路思谋着如何惩治邱文彩。

回到家中，邱蒙舍已想出了一个绝妙的办法，他忙让家丁去买火药、草席等，并在集镇大路口贴出告示，说是邱蒙舍准备在正月十五日中午在正阳宫放大炮，一门大炮要十六人扛。

正月十五，天气晴朗，田里的麦苗正长得欢。还未晌午，五乡七十八社的男女老少闻讯蜂拥至正阳宫。见邱蒙舍身穿绿绸棉袍，戴着貂皮风帽，正在指手画脚地指挥着十六个五大三粗的壮汉扛一门大炮。这门大炮有一米多高，粗如水桶，炮身漆得通红，描金画上双龙戏珠，炮芯像牛绳那样粗。群众见之，不由群情高涨。邱蒙舍挥着手对群众说：“这里场地太窄，恐会伤到人，大炮扛到青竹山上去吧。”群众就跟到青竹山上。

邱蒙舍站在青竹山上，东瞧瞧，西遛遛，眼珠一转，忙抱歉地拱手对群众解释说：“乡亲们，这里地势坎坷不平，恐怕大家观看时不小心滚下山去伤了身。大家看看，山下田野很宽阔平坦，我们就到田野里去吧。”邱蒙舍就指挥着扛大炮的人向麦田奔去，群众也跟着急匆匆地向麦田奔去，生怕错过了时辰。一会儿，邱蒙舍就让扛炮的人把炮停在他家的麦田里，架好了炮，他就叫一个汉子点火放炮，另一个汉子敲锣打鼓助威。

放炮开始，邱蒙舍用双手捂住耳朵，作害怕状转头向周围麦田里奔跑，其余群众也学着他的样，朝四周的麦田里退，群众似千军万马四处奔跑。大家都害怕那撼天动地的一响。这时，只见炮芯火星喷溅，白烟直冒，接着“嘶”的一声，一股黑烟直射向天空。人们惊魂未甫，未敢靠拢上前。邱蒙舍近前一看摇摇头说：“不好意思，卷炮的火药没晒干，让大家空跑一趟。”

群众一片哗然，埋怨声不断。这时，只见地主邱文彩带着家丁气急败坏地来找邱蒙舍算账。原来邱文彩的六十亩田皆被看放大炮的群众踩烂了。

调动

倪明是鸡鸣市人，那年毕业被分到乡下一所中学，乡下中学很是破旧，住的是白天见日晚上见月的旧房子，用水要到挺远的二十几米深的井里挑，倪明起初很不习惯，但慢慢地也就适应了。一晃他在这里待了十年，十年中他七年教慢班，当慢班的班主任，但他“鸡蛋里挑骨头”，每年也有那么三四个考上大学，他的班级年年被评为“校先进班级”。三年教快班，快班的成绩更是让校领导颔首赞许，但十年中没有一次个人名誉和他有缘，因为他总是那么实在，不会讲好听话，不会巴结人。

“十年了！”倪明摸着自己满脸扎人的胡须，长长地叹了一声。十年前他来这里时还是个毛头小子，如今却是络腮胡扎人，真是岁月不饶人啊！他打开抽屉，看着抽屉里那六张填了没上交的“教师上城调动申请表”，他的眼前不由浮现出白发苍苍却依然佝偻着背操持家务的老母亲。母亲在他按政策教完三年时就盼望他能调回城，娶个媳妇接替她的班，帮她把两个弟妹拉扯大。如今两个弟妹都已考上大学了，为了供养弟妹上大学他依然孑然一身，家里那旧房子几年前就该翻新了，至今却还是“老调子重弹”。他无法做到忠孝两全，他何曾不想回城，可这里教师青黄不接，这里的孩子对他特有感情，前几天，二十几个学生又来找他，希望他能继续教他们，学生们说上他的课特来劲。

倪明拿出第七张调动表，心里很沉重，他觉得自己似乎完成了使命，该走了；可又觉得自己走得不是时候，这里的教师如流水一样，每年都有许多熟悉的面孔调走，又有许多新鲜的血液注入，这里的校舍依旧陈陋。还有母亲，那长年累月操劳的母亲，似乎也正在用祈求的目光看着他。倪明闭了闭眼睛，揉揉眼睑，咬着牙填完了表。他怕自己反悔，马上把表交到教育局，难挨的两个月过去了，倪明又后悔自己写了调动表，他觉得自己对这地方的感情已是很深了，学校和学生似乎成了他的第二个生命。

不久，一张调到城西中学的调令来了，他反而产生了一种留恋的情绪，拿着调令的手在颤抖，十年的辛苦换来了这纸调令，这是对他成绩的肯定，他不由感慨万千。就要走了，总有点舍不得这学校，这学生，舍不得这里的一草一木，毕竟这里的一切陪伴他走过了十个宝贵的春秋。他想该找校长告别一下。

倪明坐在校长室，他诚恳地对校长说："校长，我要调走了，调令来了，可毕业班教师紧张……"校长笑着说："是啊，你是该走了，你在这里干了十年，十年来学校对你照顾不周，我惭愧得很，至于教师缺吗，那是明摆着的，我是多么想你这骨干……"

倪明沉默了，他的后脑勺战栗了一下，一种酸酸的感觉传遍了全身，继而眼睛热热的，他两眼盯着手中的调令，蓦地站了起来，颤抖着把调令撕了，激动地说："校长，既然……，那我就留下吧。"

校长紧紧地握着倪明的双手。倪明走出校长室，门外，齐刷刷地站着一百多个他的学生，静静地注视着倪明。

厨房女婿

清代名相蔡新自幼丧父，家境贫穷。

蔡新在其叔的抚养下，饱读群书，学问高深。后娶富豪何敬之女为妻，何敬瞧不起穷酸秀才蔡新，其妻其女却颇器重他。

且说蔡新岳父六十大寿临近，夫妻俩决定不下该送啥礼，家中也确实没一像样的东西可送，最后蔡妻要把母亲送的金钗拿去典当，被蔡新挡住。蔡新脑中闪过一念，他说:“你别急，到时我自有办法。”蔡妻怀疑地看着蔡新。蔡新微笑着说:“你别用这种眼光看我，到时我包了就是了，不会让你失望的。”

何敬六十大寿到了，当天早上何妻派人来接女儿回家，并交代说:“不管女儿来时带什么礼品，母亲都是高兴的，希望女儿不要勉强。“蔡妻从仆人口中得知，其他女婿的礼品都很丰厚。蔡妻听后很是焦急，忙问蔡新说:“夫君，你究竟葫芦里卖啥药，我们的礼品呢?”蔡新捋须笑说:“你尽管放心去吧，我已经准备好了。”蔡妻才放心地回了娘家。

妻子走后，蔡新才穿上新衣，挎一竹篮，篮上盖一红布，优哉游哉地来到何府。一走进大厅，连襟们就问:“蔡新，给岳父带来什么贵重的礼品，这样姗姗来迟?”

蔡新答道:“我给岳父带来了福寿。”连襟们皆感好奇，一齐走上前，掀起篮上的红布，见是一篮福寿螺，不由一齐哈哈大笑。何敬走上前一看，气得翘须大怒:“蔡新，你——”蔡新不慌不忙地跪下说:“福寿螺，福寿螺，祝岳父岳母福寿牢牢。福寿螺多子多孙，祝岳父岳母多子多孙，福寿无边。”岳母高兴地哈哈大笑，扶起蔡新说：“这礼品比任何珍珠玛瑙还珍贵，老头子，你说呢。”何敬一句话也没应，面上的愠色毫无改变。

开宴时，何敬愠道：“蔡新，你那样会出新，你就到厨房去吃吧，去当厨房女婿，体会一下出新的滋味吧。”蔡新二话不说，走进厨房与仆人一起吃了碗长寿面，然后提笔在壁上题了一首诗：长寿面祝长寿，福寿螺碰冷脸，岳父好情无边，高中时攀不攀。题完掷笔而去。

三年后蔡新赴京赶考，高中进士，恩准省亲。蔡新微服私访，回至家中，妻子告诉他岳母五十五大寿，蔡新就把中举的事压在心里，叫妻子先回娘家。自己又取一竹篮盖一红布，着敝衣，到岳父家祝寿。连襟们见这一穷秀才来，知他又落榜了，皆掩鼻避开。何敬见他提竹篮，着敝衣，故伎重演，知他又落榜了，气得背过面去，不与他打招呼。蔡新上堂跪下，大声唱道：“恭祝岳母福寿无边。”

何妻见蔡新回来，高兴地从座椅上站起来，扶起蔡新，接过篮子，笑说：“来了就好，何必又带礼物来呢，我理解你的心意。来来来，今番我做主，你就坐在我身边。”何妻掀起篮子上的红布，见里边有一幅画，叫仆人展开，原来是一幅松鹤延年图，不由大喜，令仆人挂起。何敬阻止道：“这样一幅破画，挂在厅堂上岂不污了我的名声。蔡新，你还是到厨房去，不要让穷晦气传染了别人。”连襟们也随声附和：“穷秀才，走吧，不要扫了客人的兴，你不看今天是什么日子，也不穿体面些。”蔡新无语，稳步走进厨房。

突然，外面锣鼓喧天，仆人来报：“老爷，公差说新科进士在我们府中，要来接他。”何敬目瞪口呆，难道是蔡新？完了完了。

这时公差走进厅堂，到了厨房门口大声唱喏：“请大人起轿。”

何敬和连襟们个个吓得簌簌发抖，慌忙下跪。蔡新哈哈大笑地走进厅堂。何敬及连襟们皆曰：“小人该死，小人该死，小人有眼无珠，不该亏待大人。”

蔡新笑说：“岳父大人，现在谁是厨房女婿了？”连襟们赶紧说：“我们是，我们是。”

蔡新捋须笑道：“不知者无罪，但有一点请各位切记：‘不可狗眼看人低’，大家起来吧。”

何敬和连襟们长伏不起。

轮饭

鸡鸣市乔伊婶儿子忠国从澳门回来。这消息像放鞭炮一样，响遍整个白竹湖农场，八十户山民像是过节一样的高兴。

忠国带回些洋糖果，乔伊婶就端个铁盘，一家一家地送。

晚饭要拿什么款待儿子，给他洗尘，乔伊婶心里没底。乔伊婶走进梅玉家，梅玉接过糖。关切地问："乔伊婶，晚饭拿什么好的款待儿子？"

乔伊婶笑了笑："家里没啥好的，很久没赶墟了。"

梅玉说："我这有只鸭，你先抓去用吧。"

乔伊婶不好意思地应了。

乔伊婶送完了糖果，双手提满了乡亲们送的鸡、鸭、蛋、蔬菜等物回了家。

洗尘宴很丰盛。乔伊婶边给儿子夹菜边说："团，这些菜都是乡亲们送的，这里的乡亲难觅啊，娘姆就是乡亲们接济过来的。"

忠国听了后，不由一怔，心里很酸，他噢了声又埋头吃饭。乔伊婶说："团，你这次回来不易，吃完饭你要到各家去坐坐，替娘姆道声谢。"

忠国答应着，他吃着这百家菜，感觉特甜特香。

晚饭后，忠国尊母命正准备出外串门。乡亲们却先他一步，挤满了乔伊婶的厅堂。

乡亲们争先恐后地定下了忠国在他们家吃饭的日子。全村八十户从早饭到晚饭把忠国回乡一个月的伙食都排满了。忠国难为情地推辞道："我无功不受禄，哪好意思让乡亲们这么破费呢。"

一位年长的乡亲说:“忠国，你这就客气了，你回乡是全村的大喜事，你就是全村的客人，这是咱村几十年的习俗啊，你忘了吗?”

忠国忙说:“我哪能忘呢，我梦里都想着，只是觉得不好意思。”

从第二天开始，忠国就一家接一家地轮流到乡亲们家中吃饭，好似上山下乡时干部吃派饭一样。每次从一个乡亲家出来，忠国就有一丝丝的感动，他只觉得鼻头酸酸的，一种二十年没感受过的浓浓的感情爬满全身。乡亲们的生活并不是特别好，村里没有市场，过的还是那种自给自足的小农生活。为了款待他，乡亲们倾其所有，杀鸡宰鸭。虽然简朴但不乏隆重，摆满桌的农家小菜，自酿的各种果酒。还有那与果酒同样淳厚而朴素的话语。忠国吃着吃着，仿佛回到了二十多年前的日子。

乡亲们见忠国穿着如此朴素，人又黑黑的，瘦瘦的，还是二十多年前那样，羞羞涩涩的，都知道他在外面混得并不如意，就争相安慰他说:“忠国，金窝银窝不如自己的狗窝，外面如果不如意就回来吧，在家七分好啊，再说，家乡现在要找个事做也容易多了，不会饿肚子的。”乡亲们没一人问起他在外是否发了大财，更没人向他讨要金银着饰，见面礼之类的。这出乎忠国的意料。

一天，忠国吃完饭走在田埂上，他发现田地里的香蕉筐一筐筐装满香蕉，在地里放了一两夜，却不会被人偷走，他很是惊讶。一问母亲，才知村里从来都是这样做，可从没谁说过东西被偷。忠国心里不由一阵窃喜，他为回乡前听到的流言感到赧颜。更为自己在路上的担忧感到羞愧。

八十户的轮饭吃完了，忠国吃出了醇香的乡情。他找来村长，谈起自己的投资计划。

村长愣住了，继而惊喜地说:“没想到，没想到你这么朴素的人竟然是个大富翁，这真是我们村的福气啊!”

打电话到我家

鸡鸣市农民乐叔是个热心肠的人，在村里大到解决邻里矛盾，小到帮忙挑个东西什么的，事无巨细，只要他会的，他都很乐意做。因而他的人缘也特好，村里人有事没事的就往他家里跑。

另有一个有些难为情的理由是，村里人到乐叔家坐有个好处，可以在乐叔家免费喝茶，免费抽烟，乐叔是个不大抽烟的人，正常情况下，若是他自已抽烟，四天要一包，可是与别人资源共享，则一天要一包。有人到他家来，一坐下来，他就热情地泡茶，然后不停地给客人递烟，当客人烟一抽完，他就马上递上第二支。因而大家都喜欢到他家去。他家也就门庭若市，有如聊吧了。有次收稻谷时，天下了雨，他赶着回来帮收，可半路上见旁人人手少，稻谷受到雨淋，他就过去帮，等到他帮人收完回家，看到自己的稻谷还有一大半在晒雨，老婆知道气得大骂他神经病。

乐叔很会赶潮流，当农村开始装程控电话时，他就第一个抢先装上了。一装上电话，乐叔感到新鲜，就打电话和在县城工作的二弟聊了半个钟头。

第二天，他下田一逢人就开喇叭似的说："我家安上电话，若有什么事不方便要打电话，到我家来。"村民们一听他这样说，一个个都很高兴地应下了。这样一传十，十传百，全村人都知道乐叔家安上电话了。天一晚，对新鲜事物感兴趣的人就都来到了乐叔家，乐叔家人头挤挤。乐叔高兴得合不拢嘴，连忙买了三包烟，一大包瓜子，让大家同乐。

有胆大者对乐叔说："乐叔，我打个电话找一下我在县城的大伯，和他聊聊。"乐叔二话没说："你打你打。"于是年轻人就拨通了电话，和他大伯一聊就是半个钟头。这年轻人一打完，另一个中年人说："乐叔，我那在新加坡打工的儿子留给我一个电话，好久没写信回来，我试着给他打打电话如何？"乐叔爽快地说："别啰嗦，打。"

中年人和他的儿子大煲起来，一煲就是一个钟头。乐叔的老婆看他们如此打电话，在旁边气得脸都青了。

折腾了三个多小时，村民们才走。客人一走乐叔的老婆就把老脸拉下来，痛骂乐叔说："老不死，假大方，看你有多少面子，这个月的电话费非让你受不了。"

乐叔笑着说："女人就是女人，头发长见识短，让人打下电话也如此斤斤计较。怪不得全村人都说你小气。"

"好，你大方，我不管你，你不要向我拿钱交电话费，你自己想办法。"乐叔老婆一说完就不理睬乐叔了。

第二天，乐叔一碰到村民还是开广播似的说那句话："我家安了电话，若有事，到我家打。"

乐叔这句话比花钱做广告的效果还好，村里人若有什么事都真的自觉地到乐叔家打电话了。不管长途还是短途，一律都是免费拨打，大家都说乐叔真是个好人。

第一个月交电话费的时间到了，邮局通知这个月的通话费是3300元，乐叔一听到这数字，不由整个人软了。怎么会呢。乐叔不相信自己的耳朵，忙打电话向邮局询问，当确定是事实时，乐叔愣住了。哪来这么多钱交呢，看来老婆讲的话没错。只有厚着脸皮向老婆要钱了。

乐叔向老婆说要交电话费3000多元时，他老婆就破口大骂："你这半路死，打铳货，和你说电话费贵你不听，现在用你的肉去交电话费。"乐叔老婆嗓门大，有如广播，一骂，半个村都听得到她的声音。乐叔怕村人听到，让他没面子，只得低声下气地求，差点没跪下。但没效果，最后只得用双手捂住老婆的嘴巴，才让广播停了下来。

没办法，乐叔只好和老婆商量，把猪圈里的猪卖了，交了第一个月的电话费。

电话费一交完，乐叔心里不由松了一口气，第二天一下田，他碰到村民又是那句话：“我家安了电话，若有什么不方便的事，到我家打。”

哞哞读书声

牛王哞哞地走在鸡鸣市清晨的街道上，街道很宽，宽到牛王都不知道有多宽。

牛王低着头，哞哞地走着，它的尾巴不停地甩着，赶着身上的牛蝇。清晨的街道，很清静，街道两旁停满了过夜的小汽车，一两个早起挑着菜担上市场的农民点缀着街道。

牛王哞哞地叫着，他很满意这里的空气，几百年都是这么的清新，这么的新鲜。牛王抬起头，长哞了一声，又用那大大的牛鼻，吸了一口新鲜的空气，空气中有青草的味道。牛王很快意，他小跑起来。

不远处，一个男子拿着一本书，边走边读。牛王感到奇怪，现如今，还有成年人这么早起来读书。牛王怀着好奇心，向读书人跑过去。

牛王跑到读书人面前，站住了，喘着气。读书人没有见到他，依然向前走，自顾自地朗诵着。牛王挡住他的去路，读书人一下子撞到牛王肚子上，牛王哞了一声。读书人吓了一大跳，摔倒在地，牛王又哞了一声，读书人抬头一看，是牛王撞倒了他。他坐起来，拍了拍摔痛的脚，说：“你这牛真不懂事，怎么走路也不叫一声，就把我撞倒了。”

牛王感到有趣，他说：“你这人更有趣，不懂得交通规则，走路不看路，只读书，不把你自己撞死才怪呢，还好我是牛王，若我是汽车，你早就见阎罗王了。”

读书人笑说：“我王安石还没见过会撞死我的汽车呢。”

牛王指着路旁的汽车说：“那就是会撞死人的汽车，有红旗的，有奥迪的，有奔驰的，有一汽的，有大众的。”

王安石走过去，摸了摸那铁壳的银龟子、黑龟子，金龟子，好奇地问：“就这东西？”

牛王笑说：“先生你生活在远古时代吧，没见过？”

王安石说：“你真聪明，我是来自宋代的王安石，我回家乡看看，我们那个时代只有马车和轿子，没有汽车。”

牛王笑道：“原来是宋朝大文豪王安石，我的祖先们传下来的口信，我们很早就听过你盖天的名气和你的政治魄力，我们牛王一直口口相传要敬重你。”

王安石说：“谢谢，没想到连你们牛都知道我啊。”牛王说：“王先生名声千古流传，我请你坐车去玩一玩。”

王安石笑说：“你还会开车啊。”牛王说：“我的奔驰在那边，如今，我们也会挣钱了，不挣钱，这日子活不了，没有钱，没地方买我们需要的青草和水。”

王安石叹气道：“我这次来，也是要把这里的读书风气弘扬推广，听说我们这个读书之乡，现在读书的风气不容乐观啊。读书使人进步，读书使人灵魂高尚啊。所以，我清晨就起来读书了，以身作则，倡导读书的良好风气啊。”

牛王笑说：“先生，那你应该搞些活动，比如可以从我们牛王身上入手，来推广读书的风气。”

王安石深思了一会儿，说：“那行，就从牛王入手，那需要手续费吗？”

牛王说：“您说的是工资吧。免了，你王安石要做慈善，我牛王也是善良之人，我免费帮你。”

王安石说：“那好，请跟我来，你牛王跟我一起拿着一本书，坐到广场上看书，创造一幅人牛读书图。”

牛王高兴地答应了，从王安石手上接过一本书，边走边哞哞地大声读起来。王安石也拿着一本书，跟在牛王后面大声朗读着。读书声哞哞地在清晨的大街上流传，哞哞的读书声像清新的风一样，呼呼地把全城的人从睡梦中吵醒。人们一个个奇怪这读书声怎么是从牛的嘴巴发出来的，好奇的城里人向着声源寻觅而来。

8点整，广场边的街道出现堵车。何故呢?

原来，全城人把牛王与王安石围堵在广场上。广场上，牛王和王安石坐在那儿，目不斜视地哞哞读着书。

全市大小电视台、报社记者纷纷狂奔到广场，微信、微博、视频全程直播:“牛王与大宋文豪王安石广场秀读书。”

哞哞的读书声，悠悠地传进大人小孩的大脑，像原子弹一样地在人脑中爆炸开来。

扛尸人奇遇记

扛尸人杰特已在鸡鸣市干了十多年的扛尸工作了。

杰特刚做这工作时，心里充满了对死人的恐惧，而现在他却已习以为常了。自然法则，人死了，上帝叫他到另一个世界去生活罢了，杰特总是这样想，于是他看到死者家属那呼天抢地的哀哭声时也从没流过一滴泪。

杰特由于做的是扛尸工作，鸡鸣市的女人怕沾了霉气，没人想嫁给他，所以杰特四十了，仍然逍遥自在地一个人。

杰特的工作常常是不分昼夜，风雨无阻的。只要电话一响，不管他是正在约会还是在挺尸，都会准时到达。

这不，电话来了，这深夜两点钟的电话铃声，让人有种毛骨悚然的感觉，正在做着美梦的杰特骂了一句，从暖和的被窝里伸出手接了电话，原来是鸡鸣市最高的凯旋大厦又死了个年轻女人，要杰特去搬尸。

杰特顿时来了精神，又有生意做了。杰特迅速驱车到凯旋大厦，杰特到了 26 层 201 房时，警察告诉他，这美丽的女子系中毒，死因正在调查中。

杰特从床上抱起那丰满的年轻女人时，不由得被她的美丽所感动，油然生起一股怜香惜玉之情，这么美丽的女人却有这样凄惨的遭遇，真是红颜薄命啊。杰特把女人放在停尸车上，推着车进了电梯间。在电梯间里，杰特盯着美丽的女人，猜测着她那凄惨的人生经历。

杰特下到底楼，把女人抱上运尸车，然后就驱车到火葬场，一路上杰特边听着贝多芬的《命运交响曲》，边构思着女人的生命历程。

车到火葬场，当杰特跳上后车厢，俯下身抱起那美丽的躯体时，突然一双手紧紧地吊住杰特的脖子，一声“亲爱的，你要把我带到哪”，吓得杰特魂飞魄散，杰特大叫一声鬼，就昏了过去。

当杰特醒来时，他发现身边躺着一个暖暖的躯体，他才想起自己正在运载一具美丽的躯体，而这躯体突然复活了，吓昏了他，他坐起来，把那还活着的躯体抱到前车座，给她喂水，那女人慢慢地恢复了元气，就柔柔地讲起了她的经历。

这女人讲她叫米茜，是个孤儿，是一个钻石走私头头的雇佣，头头在她身上放了10颗钻石，把她从南非带到美国，准备毒死她取宝钻时，不小心让她逃了出来，现在他的爪牙正在四处寻她，再说她受到了金属污染，命也活不长了。

杰特听了后，很是同情，他说：“那你就跟我过吧，我单身，也没亲戚。”米茜听了很是激动地说：“真的？”

杰特笑着说：“真的，亲爱的。”

米茜和杰特就过起了像模像样的同居生活，两个月过去了，米茜有了身孕，杰特高兴地抱起了米茜，不断地亲着她。

米茜心情沉重地说：“杰特，这孩子生下来可能会没有母亲，我看就不要了。”

杰特坚决地说：“不行，我要这孩子，这孩子是我们爱情的结晶，即使你走了，我也要把他养大。再说你的病还可能治好，等风声再缓些，我偷偷带你去看病。”米茜摇摇头，欲言又止。

杰特从黑道上的朋友那里得到消息，说是走私头头白丁斯正在鸡鸣市大肆悬赏100万美元捉拿一个叫米茜的女孩，说在她身上有10颗价值连城的钻石。于是杰特也就不敢把米茜带出去 。随着胎儿的长大，米茜的生命慢慢地萎缩了。她的忧虑也越来越深了，她从窗户往外看，老是看到一些探头探脑的人在街道上晃荡，她不敢探出头去，也不敢在窗前久留，害怕被人认出。

一年后，米茜产下了一个男婴，杰特兴奋地亲着自己美丽的爱人。米茜悠悠地对杰特讲起自己的真实经历：原来她并不是个孤儿，她是走私头头白施宝的女儿，她父亲被另一走私头头白丁斯杀死，母亲被白丁斯强奸了，她也被白丁斯当成走私挣钱的工具，因而她受到重金属的污染，她家有座别墅，在洛杉矶，家产大约有两千万美元，再加上她身上的宝钻，约有 1.2 亿美元……

米茜喘着大气，拿出一张遗嘱，用她美丽的大眼睛盯着杰特说："我死后，你把家产委托律师变卖掉，千万不能去——洛杉矶别墅，以免招来杀身之祸，我死后火化了，10 颗宝钻要拿回……"

米茜一口气没喘过来，就微笑着闭上眼睛了。

杰特伏在米茜的身上号啕大哭，婴儿也在旁边尖厉地哭着。这时他身后的门哐地打开了……

流浪猫

猫玲玲没想到自己有一天会无家可归，今天她和主人一起从屋里被赶了出来。主人戴着手铐坐进了警车，而她只好流浪街头。

玲玲顶着寒风在街上走着，她不知自己要到哪儿去，哪里是她的最好去处，她想来想去也没有想出。只好找了个街角卧着晒太阳。她对主人家的生活很是留恋。在那里可以大口喝酒，大块吃肉，放开肚子吃鱼。而现在却流浪街头。想到这，她不由觉得自己的命不怎么好，不由得伤心地流下了泪，她想，要是主人心不那么贪，也不至于被抓啊。

猫玲玲越想越恨起了主人，她看着街上自由地走着的人，不由得想，要是有人可怜她，把她领回家该多好啊，从早上出来，她已有一天没吃东西了，肚子饿得直打鼓。这时有一只被她追过的老鼠走了过来，嘲笑说："可怜的玲玲，你现在无家可归了，要不要我施舍些给你。这样吧，你叫我一声'鼠爷爷'，我给你一条鱼吃。"玲玲气得腾地起身，直扑向老鼠，可是空着肚子，没力气，追不上老鼠。玲玲气得差点背过气，感叹地想："真是猫下平地被鼠欺啊。"

这时，平时她很看不起的邻居猫森森跑过来，对她说："玲玲，到我家去吧，我家的主人虽穷，但有我吃的，就有你的，走吧。"玲玲心里很想去，但又想：穷光蛋的猫，有什么好吃的，算了，再说森森本来是自己瞧不起的，现在我去寄他篱下，不就更被他笑话了吗。

于是玲玲就拒绝了。

玲玲在街角继续卧着，一天两天，玲玲快受不了，每天，她只是到街角的垃圾桶里找些人们扔掉的东西吃。晚上冻得直抖。这样的日子过了十几天，玲玲那油光的毛变得毫无光泽了。有一天，玲玲又卧在街边晒太阳，突然，她看到一只硕鼠腆着大肚从街的另一边走来，她知道这老鼠肯定在一个很好的地方混日子。等他走过来时，她用很温和的声音叫道："鼠兄，你要到哪儿？"硕鼠听到猫在叫他，不由得一惊，转头朝旁边一看，才看到卧在街角的玲玲，他用很可怜的目光看了一下玲玲，笑着说："没想到高不可攀的玲玲女士落魄到现在这地步，真是可怜啊！"玲玲笑着说："鼠兄，别取笑我了，有什么好去处，给我举荐举荐吧。"

硕鼠沉思了一下，笑着说："玲玲，念在你救过我一命，跟我来吧。"

玲玲和硕鼠跑进了一家星级酒家的餐厅，躲进了泔水桶下的水沟，那是硕鼠的家。等到天黑无人时，他们俩就到泔水桶里吃人倒掉的东西，桶里的东西真是太丰富了，有娃娃鱼肉、猴肉、蛇肉、鸟肉、龟肉……真是应有尽有，比原来主人家的丰富得多了。两人一吃完，就心满意足地回到窝里睡觉。从此玲玲结束了流浪的生活，开始了吃完睡睡完吃的生活。这样的日子过得非常舒心，不久玲玲就比硕鼠更胖了，一个大猫肚像有了身孕似的。

可是好景不长，正当硕鼠和玲玲要做十年计划时，这家星级酒家倒了，硕鼠和玲玲马上失业了，又成了流浪儿了。

玲玲带着硕鼠到处流浪，他们俩成了患难与共的朋友了。在他们的心里，仍有一个志愿，找一个可以供吃供喝的好去处。可是日子在一天天地过去，硕鼠变成了瘦鼠，胖猫玲玲也苗条得一阵风过就可把其刮倒。但愿望仍未实现。

有一天，他们来到了农村，他们俩碰到一个老人，向这个慈祥的老人乞讨，老人给了他们吃的喝的，等到他们吃饱喝足后，老人很是可怜地说："我看你们俩，四肢发达，年纪轻轻，为什么不找个地方住下来，用自己的双手劳动，好好享受自己的劳动果实，而要到处流浪，过那种乞丐似的生活呢，你们若是愿意，我给你们每人三亩地，你们好好地耕作，相信你们会过上好日子的。”硕鼠不屑一顾地说：“我不需要别人的可怜，日子照样过得红红火火的。”说完就头也不回地走了出去，继续他的流浪生活。

玲玲想了想，感到流浪确实非常的苦，就答应了下来，老人给了她三亩地。

于是玲玲就开始认真地劳动，过起了平民百姓的生活。第一个收获的季节，玲玲有了一年的粮食，也变得慢慢有猫相了。而这时传来了硕鼠流浪而死的消息，玲玲痛哭不已。

近视猫

猫米特近来好像近视了，老鼠从他面前走过，他连看也没看，还是懒懒地睡他的觉。猫怎么了？

明眼人一瞧，马上知道了其中的玄机。原来是老鼠给了猫米特好处。老鼠木铃每天给米特上贡一条鲜美的鱼，以此作为礼物，要求猫米特不捉它们。米特是只特喜欢腥的猫，他在主人家得不到好处，也就另辟蹊径了。

于是老鼠们就在主人家为非作歹了。主人家的床晚上要睡的时候总是有老鼠屎，吃剩的鱼肉放在桌上总被老鼠给吃了，家里人的衣服不时地被老鼠给咬破了。连皮鞋也被老鼠给攻破了。主人很恼，见猫碰到老鼠一动也不动，问他："你怎么不捉老鼠？"猫反问道："哪有老鼠，天下太平得很。"主人就把自己的苦恼一股脑儿地泻出来。主人说完后问猫，你是不是近视了，猫只好说："是的，我近视了。"主人体谅地说："你近视了怎么不早说呢。"于是主人就给猫配了一副眼镜，并命令他说："要是从此后再不捉老鼠，你要辞职，而且要以渎职罪起诉你。"

米特听了后非常害怕，当晚就对进贡的老鼠说："我家主人发怒了，请你们给我一点面子，不要那样猖狂了。"老鼠答应了下来，于是之后的几天，主人家很太平，再无老鼠的干扰，主人为此嘉奖了米特，给他一条上好的鲜鱼，并且夸他干得不错，猫不由得得意起来，乘机对主人要求每天都要鲜鱼吃，但主人很为难地说，我们自己也没法天天有鲜鱼啊，猫只好摇了摇头，心想：主人是太吝啬了，看来是要再给他一点颜色看看，不然他不懂得有我的好处，猫就通知老鼠可以继续为患。老鼠没事做整整一个星期了，大家都很无聊，听说解禁了，当晚就闹得主人家无法入睡。主人很愤怒，第二天把猫叫来批评了他一通。猫解释说：昨晚他发烧了，没有起床。主人只好给他些药吃，然后安慰他，要他病好了，把这些老鼠通通给赶走。猫摆着他的肥脸答应了，他从眼镜里看着那很火的主人，感到很可笑，心想：你给我那么一点儿待遇，我不走私一点怎么活啊，我家中可有老小啊。想完之后，米特就优哉游哉地挪动着他那肥胖的身子回到自己的房间。

回来后米特就通知老鼠今晚禁止作乱。让他们老老实实地待上一个星期。

可是这时的主人已对猫产生怀疑了。他派了个间谍小狗巴巴进行侦查，看看猫有无腐败现象。小狗巴巴是非常忠于主人的，主人一令下，他就马不停蹄地干个不休，调动所有的兵力进行 24 小时的监控。

巴巴经过一个星期的深入调查，掌握了大量关于猫米特的犯罪事实，一个星期后米特就被送上了法庭。

这时的米特才流下泪来，对巴巴说：“我不应贪小而失大，以后我要在监狱里待上二三十年了，我要以这个活生生的亲身经历告诫我的后代，不可贪小便宜。”

舅舅回乡

在台湾的舅舅打电话说要回来与母亲相会。全家人很是兴奋，几十年未谋面的舅舅要回来了。

妈妈与爸爸就商量着怎么来接待舅舅。我们先是把祖厝修葺一新。特意把舅舅以前住过的房子重新布置，弄得清清爽爽的。准备以全新的形象迎接舅舅的归来。

我算着舅舅的归期，妈妈更是每天掐着指头算。归期已过一半时，忽然表妹打电话来，说突发了一些状况，回乡计划要延后了。我们一个个感到很失望。

但母亲安慰表妹说，没关系，过一阶段再回来吧。表妹说她确实很想回老家看看，她爸更是强烈。妈妈在电话的这头抹着眼泪。

这事就成了泡影。

据母亲说舅舅是个战斗英雄。当年打日本时屡立战功，这个战斗英雄的形象在我心中很是高大。他从小就是我心中的偶像，在我孤独时寂寞时痛苦时总会给我力量，总是激励着我去奋斗。

一年后，舅舅又亲自打电话回来，我接到电话，激动得大叫了一声："舅舅，你好啊！"

75岁的舅舅笑哈哈地说："舅舅很好，只是老了心脏总是作怪，回乡的心愿未了，很想回去看看，落叶归根啊。"我说："舅舅，那你就赶快回来吧，我们都很想念你们啊！""我何尝不是呢，人老了，总是思亲啊！"

妈妈听到是舅舅的电话，赶忙放下手里的活，跑过来抢过我的电话，激动地和他聊了起来。一个小时很快过去了。妈妈不舍地放下电话，怔怔地坐在电话机旁。我知道老妈也在想念着自己的老大哥。听说舅舅下个月真的要回来了，我兴奋得当晚睡不着。妈妈又把舅舅的住处再用白漆漆一遍。

时间就在我们算星星数月亮中过去了，明天舅舅就要飞回来了。当晚我们全家开了个家庭会，商量怎么迎接舅舅。

第二天天刚蒙蒙亮，妈妈就起床，把我和爸爸叫醒，爸爸坐车到厦门机场接舅舅。我在家帮妈妈料理家务。

7：00，电话铃响，表妹来电，说舅舅昨晚过于兴奋，心脏病发作，已仙逝。

妈妈接到电话，一句话也说不出，继而大哭了起来：阿兄啊，阿兄，你没看着小妹，你咋会放心走啊，阿——兄——啊！妈妈哭得死去活来。我也陪着流泪。我没见过妈妈这么伤心过，确实兄妹情深啊！

表妹说舅舅留下遗言，死后要把骨灰送回来。

由于奔丧手续烦琐，妈妈未能赴台。妈妈整天哭得似泪人。哭得声音都哑了。妈妈在舅舅的住房里设了灵堂，我看着镜框中年轻帅气的舅舅遗像，我不由得流着泪对舅舅说，舅舅，我心中的英雄，我们不会让悲剧重演的，舅舅，你安息吧。我给舅舅叩了三个响头，以感谢他多年来对我的激励。

一个月后，我们全家素服到机场迎接舅舅。

当表妹全身素服，捧着骨灰盒出现在我们面前时，妈妈扑了过去，抱着舅舅的骨灰盒，大叫一声：阿——兄——啊，你——回——来了，小妹——来——接——你——啊！！！！

妈哭昏了过去。表妹也哭得抱住了妈妈。机场上空满是我们全家的哭声，平时不轻易弹泪的老爸也哭得好惨。

舅舅，你终于回家了！舅——舅……

挑水缸上市

清子是个烧窑的，每烧一窑陶罐，他都要一趟趟地挑去卖。路上要经过一段比较难走的山路，要五六里，再经过一片稻田，才能见到村落。

一天，清子挑着两个大水缸，到山外去，大清早一吃过饭就起程，到了太阳出来时，清子已挑着水缸到了山上。由于昨天刚下过雨，路很不好走，水缸又大，清子走上山时，已是累得腰酸背疼，想找一个地方歇一下，他看到前面有一个较宽阔的平地，就一路小跑过去，把水缸一放，没想到由于速度太快，水缸一边的绳子从扁担上滑了下去，圆圆的水缸倾斜地倒了下去，又顺着草地向山下的斜坡滑了下去。清子忙丢下扁担跑过去追，没想到他一跑，另外一只水缸也由于惯性太大，顺着斜坡向山下滚去。

清子抓住了这只水缸，连人一起摔倒在地，他喘着大气，大骂道："他娘的，怎么这么倒霉。"刚说完要把这只水缸扳正，这时另一只水缸又向他滚了过来，他忙丢下这只水缸，去追另一只水缸，而水缸由于没扳过来，所以圆圆的水缸又继续向山下滚。当清子追到第二只水缸时，转过头来，眼睁睁地看着第一只水缸兴奋地向山下滚去。

清子坐在地上，满肚子的气没地方出。他想这么大的一只水缸怎么才能弄到山下呢，扛是扛不动，用滚肯定破了，丢在这里让人白捡了便宜，不甘心。干脆一不做二不休，都让他妈的见鬼去吧，省得操心。

想到这儿，清子从地上捡起一个大石块，举起来把水缸砸破。然后解恨地骂道："他妈的，今天倒了八辈子的霉，早上出门没洗干净。"呸，清子对着破水缸吐了一口唾沫。捡起扁担就要下山回家。这时清子又有些后悔，两只水缸可卖好些钱，可这一下子什么都没了，回家不被老婆骂死才怪呢，于是他就转过身向前路走，心想到墟里去买些老婆喜欢吃的东西回家，以哄骗过关。

当他走到山下稻田时，却发现另一只水缸从山上一路滚下来，安然无恙地躺在稻田里，把水稻压倒了一大片。

清子看着这只安然无恙的大水缸，张大的嘴巴合不拢。后悔又随之揪住了他的心。

秘密

在一个遥远的村庄，流传着这样一个故事：在村口古榕下，埋着一罐金子，谁有福气得到它，谁就能享福一辈子。

那天，东东的爷爷又和他说起这故事，东东一听，不由怦然心动，马上找了三个闲在家的哥们一说，大家也就跟着心动了，拿起铁锹锄头，到村口的古榕下挖金子。挖了一天，四人累得要死，也没挖到什么。这事第二天就在全村传开了，很多想发横财的人也先后来挖宝了，一时间古榕下人声鼎沸，但没人从地下挖到什么。没过几天，大家都懒了。东东的爷爷知道了这事，气得吹胡子瞪眼，把东东叫来大骂了一顿，东东笑着说："爷爷，您老别动肝火，我们不挖了。"

东东被骂了一顿后，心情很不好，就邀了哥们到村口小吃店喝酒。东东说："我们还挖不挖，若要挖，该怎么个挖法，你们几个臭皮匠出出主意吧。"

哥们说来说去要放弃。东东笑说："这事由我定，若是谁想退出，现在就说，要不就坚持到底。"哥们几个也没说什么的。

尽兴后，几个人来到了古榕下，看着那长满胡须的古榕，东东感叹："榕树东，太阳能，太阳向西冲，树下有洞洞，挖宝太轻松，有宝了你别疯。"东东一念完这顺口溜，不由心头一亮，这是挖宝的钥匙吧。他仔细查看了古榕四周的地形，心中就更有信心了。

回家后，东东专心查找历史资料。

有一天，他刚出家门，就碰到几个人正在议论挖宝的事，都说东东可能是书读多了，变傻了。东东听了气得想冲过去揍他们一顿，他掉转头回家。一到家，他妈就念叨说：“人人都说你书读多了变傻了，别做了。”东东听了心里很烦，心想，这事要是做不成，在村里也是无法待了。他把口诀念了几遍，突然灵光一闪，不由一阵狂喜……

他当即把哥们叫来，拿来皮尺，把别人挖过的最深的坑丈了一下，其中最深的九米，东东就说：“向东深挖三米，若没，我们就可以死了这心了。”哥们一听就兴奋起来，拿着铁锹边唱歌边挖起来。

只听着硿的一声，铁锹碰到一个坚硬的东西，哥们兴奋地大叫。

在坑底，榕树根下盘着一个大大的瓮。四个人就把榕根用锯子一根根地锯掉，然后把瓮清了出来，瓮很重，四人用绳子把瓮慢慢抬上地面。东东说：“哥们，这瓮里若是金银财宝，我们就平分了。”四人兴奋得手舞足蹈。

一阵兴奋后，他们就聚集在瓮的四周，东东慢慢地移着盖子，心里像有无数的小鹿在撞着，盖打开了，里边并没有满瓮的金子，而是一条长石条，拿出长石条，只见上面刻着几个字：“富贵要打拼，坚持终有福。清乾隆十年立于警子孙，王六。”瓮底压着四块银圆。

哥们不由有点失望。东东笑着说：“这古人说得好，我们是有工钱了，大家把这东西抬到我家吧，明天我们该去找工作了，不能在家里死守着了，坐吃山空啊！”

三个人一起附和着抬着瓮唱着歌走了。

错领荷包

学校广播室播放招领启事，说是有个同学拾到一只荷包，若有丢失的同学请到传达室认领。广播刚播完一个多小时，马上就有一个长得挺酷的女生到传达室认领，说那荷包是她的，里面有50多元钱。

传达室的老黄见她说得对，就把荷包还给她。又扔了一句话给她："以后要小心一点。"女生点了点头就跑出了传达室。

不一会儿，传达室又来了四个人，说是来认领荷包的，她们都说荷包是她们的，老黄笑着说："这就怪了，怎么你们一下子都丢了荷包，谁要是假的，谁可就要受学校纪律处分的。"老黄一说完，就有两个要浑水摸鱼的女生逃之夭夭了。其他二人铁定了心不走，都说她们确实丢了荷包。

老黄听了后愣住了，一个女儿三个女婿，这怎么办呢。再说荷包已经被人确认走了，糟了，忘了让她留下姓名班级了。老黄就详细地对两个女生进行询问，经询问，两个女生的荷包是绿色的。都与原来的荷包情况不合。老黄才放下心来，笑着把两个女生送走。

第二天，传达室又来了一个叫晓芳的女生，说是来认领荷包的，荷包是蓝色的，荷包里有50多元。老黄刚听完她这么说，笑容就僵在脸上，他满头雾水，难道昨天的荷包是被冒领了。

老黄忙向保卫科长报案，科长丁明把女生晓芳叫到保卫科进行详细的询问。掌握了详细的情况后，确定那被领的荷包确实是晓芳的。他就叫老黄到各班去认一认人，但老黄走遍了初一到初三的所有班级，也没认出认领荷包的女生。这咋办呢？老黄为自己的疏忽感到不安，丁明安慰他说："不要紧，再查查看，事情总会水落石出的。"

于是保卫科就对全校各个班级进行排查，但四天过去了，仍没有结果，丁明就向校长汇报，校长感到问题很是严重，就决定开一个关于诚实的广播会，就此问题对学生进行一次教育。广播会在下午第三节课举行，校长声情并茂，洋洋洒洒地讲了一个多小时。

会刚一开完，保卫科就来了一个很羞涩的女生。大约一米五六，大大的眼睛。她站在门口怯怯地喊了一声报告。科长丁明看了她一眼："进来，有事吗？"女生说："老师，我叫晨晨，我是初二五班的，我……，我们班有个叫翁华的，那天到传达室领了一个荷包，然后这几天都没来上课。"丁明听后说："你是个很诚实的人，谢谢你。我们会调查的。"

晨晨走后，丁明就把初二五班的班主任陈老师叫来了。陈老师说："翁华是乡下来的，家里很穷，她的父亲前几天被车撞伤住院了，没人照料，她请了一个星期的假，去照看父亲。"

"难道是她缺钱花，所以把荷包领走了。"

"应该不会吧，我了解她，她是个很乖的女生。"

"但人有时是不可意料的。"

"那只好等她回来再说了。"

但是丁明暗地里已把翁华定为怀疑的对象了，并且无意中把这种思想透露给学生。

于是初二五班就有了关于翁华冒领荷包的流言了，每一个同学说起翁华来，就不屑一顾地说，没想到啊，没想到翁华这样一个老实的女生却做出这样没出息的事。班上所有的同学对翁华产生了信任危机。八天后，翁华回到班上上课，班里同学都用怪怪的眼睛看着她，从她身边经过，都用手在鼻前扇一下，并说一声："很臭，臭得很，今天我们班怎么这么臭。"然后大家就哄笑起来。翁华感到很尴尬，心想，是不是自己在医院里住久了有一种难闻的味道，可她自己做了几个深呼吸，怎么也闻不到自己身上有异味，她感到很纳闷。课间操，陈老师把翁华叫去。翁华丈二和尚摸不着头脑，脑子里一片空白地来到了年组办公室。

陈老师看了她一眼，喝了一口开水，静了一会儿才说：“翁华，老师知道你是个好孩子，你是不会去做坏事的。你自己以为呢？”翁华笑着说：“谢谢老师，老师，您叫我有事吗？”“是这样的，有人举报你把四班晓芳丢失的荷包冒领了，有这事吗？”

翁华愣了一下，恍然大悟地大叫了一声：“老师，我该死，我把那事给忘了，那不是冒领。”

“怎么说。”

翁华就把事情的原委说了。原来，翁华也有一个蓝色的荷包，那天她找不到荷包，刚好广播通知，谁丢了荷包，她就去认领，荷包里的钱和她的差不多，她就把它领回来了。而这时恰好陈老师到班里来，告诉翁华她妈打来电话，说是她爸被车撞了，翁华听老师这样一说，头就大了起来，匆匆地向陈老师请了假就赶到医院。这期间学校发生的事，她一点也不知道，等到她父亲出院后，翁华在她的床上发现了自己的荷包，才知是把别人的荷包错领了。早上她就带来了，没想到她一来，同学们对她的态度都是怪怪的，把她的心情弄坏了，她也就把这事给忘了。

陈老师听了后，点了点头说：“看来老师没看错人，你把那两个荷包带来，我跟你先到班上说一下，再向晓芳同学道歉。”

班里的同学听了陈老师的解释后，都纷纷向翁华道歉，这件冒领事件一结束，晓芳和翁华却成了好朋友。

您拨打的电话已关机

“嘀——嘀——嘀——”杨妍的手机响了，在静静的教室里显得特别刺耳，惹得同学都把眼光聚焦到她身上，杨妍忙拿起手机走到走廊上开机说：“妈，我在文科大楼 304 读书。”“好，我待会儿准时接你。”

杨妍接完电话，就无心再读书了，她坐在梯形教室的背椅上，玩弄着手上的玉镯子，痴痴地想，她觉得自己的父母对自己管得太严了，可自己的抗议，他们也无法接受，该怎么办呢？

“嘀——嘀——嘀——”杨妍蹲在厕所里，让忽然响起的手机吓了一跳，她拿起一看，心里就生气，是她爸爸查岗的电话，杨妍接听后，厌烦地说：“爸，我正上厕所呢。”她父亲笑着说：“好，宝贝女儿，爸准点接你。”杨妍走出厕所，站在角落里的杨妍父亲看到女儿才满意地离开了。

杨妍父母希望女儿大学毕业后能继续读研，因而对娇娇女的学习特关心。

“嘀——嘀——嘀——”杨妍的手机又响了，查岗时间到了，正在参加同学 Party 的杨妍没好气地说：“妈，我正在参加同学 Party，待会儿结束了，我就去读书。”同学们面面相觑，有人说：“该玩的时间就玩，怎么还说要去读书。”杨妍伤感地说：“父母之命不可违嘛。”同学就说：“你爸也太不讲情理了吧。我们大学生又不是中学生。”杨妍苦笑了一下，说：“别讲了，家里事，我们玩吧。”Party 结束，杨妍又回教室读书。

“嘀——嘀——嘀——”杨妍手机响了。杨妍一看，是妈妈的查岗电话，在梯形教室里的杨妍只觉得大脑胀胀的，她气愤地把手机关了。

不久，教室外来了一个探头探脑的中年女子，她在教室外看到正专注读书的杨妍，才放心地离开了。

“嘀——嘀——嘀——”杨妍的手机响了。杨妍厌烦地摁了一下。杨妍父亲的电话里传来了“您拨打的电话正在通话中，请稍后再拨”。杨妍父亲吓了一跳。忙放下电话，夫妻俩驱车赶到学院，可找了整个校园也没找到他们那靓丽的娇娇女。

再打杨妍手机，电话里传来：“您拨打的电话已关机。”杨妍父母心急如焚。

学死

鸡鸣市农妇香香的丈夫是独子，她跟丈夫的关系挺不错的，可是跟婆婆和细姑的关系怎么处都处不好，尽管香香使尽浑身解数，也是老样子。

香香就想：是不是自己嫁进门时和婆婆细姑相冲，可是一经回忆，却没那回事。香香就很苦恼。一日，丈夫一朋友宁来到她家串门，宁来在闲谈时说起一件事，宁来说他的邻居巧珍跟婆家的人关系很差，经常斗嘴，为了改善这种僵局，巧珍就在一次和婆婆吵架后，当着细姑的面喝下了“敌敌畏”，还好只喝了一口，经抢救巧珍脱离了险境。之后，她家人和她的关系就变得很融洽了，大家怕她又喝农药，凡事都忍着她让着她。香香听了后，不由得心一动，我何不也学一学她呢。于是香香就想着怎样学她。

香香的文化程度不高，只上过小学三年级，对农药的药性也只是一知半解，她在农药箱中找到一瓶自认为最好闻的农药，把它放在床底下伺机喝农药以要挟家人，达到改善关系的目的。为演好这场戏，香香就不断地在心中演练着，当着细姑或婆婆的面举起农药瓶，抿下一小口，然后大哭一场，引起全家的注意。但香香又很怕死，她担心若真的喝下了农药 而无药可救，那就白搭了一条命。香香就有点怯了。跟家人闹小矛盾时，她也就口头说说要死，却不敢行动。家人对她的言语听腻了，都不以为然，香香和家人的关系也就毫无解冻，反而更僵了。香香就恼。

一天香香和细姑拌嘴，细姑怄她说：“你不是说要死吗，那死来看看啊。”香香怒火中烧，遂从床底下拿出那瓶农药咕咕地一口气喝完。细姑看傻了眼，等她缓过神来，忙抢下香香手中的瓶子，喊来大哥，把香香扛到附近的卫生院抢救，医生说，还好是假药，不然香香就没命了。一家人就谢天谢地地回了。一场虚惊，全家人总结了经验后，决定凡事都让着她。以免再添麻烦。于是香香的家庭气氛就缓和了许多。香香觉得这次学死很有价值，于是她就把死每天挂在嘴上，以此来要挟家人，家人只好对她屈服了，待她如皇帝。

香香遇到不顺心的事时总在丈夫面前说不如死了算，她丈夫就很烦地说：“你不要老是说死好不好，你若要死你就死呗。”

香香就真的要死了，她冲到农药房，她丈夫骇得紧随而出，抱住她，香香很满足，装着挣扎，而且嘴里叫嚷着。

她丈夫就哄她，直到她阴转晴。之后，她丈夫也不敢触雷区了。香香又尝到甜头，她内心感谢那假死的女人给了她这屡试不爽的秘方。

日子就在不经意间一天天地溜走了，一日，香香和婆婆因喂猪的事拌嘴。婆婆压抑了很久的情绪一下喷了出来，她数落香香说：“我儿子养你，不如养一头猪，猪给它吃，会长膘，而养你，非但不长膘，还整天让人担惊受怕。你要死就赶紧死，我不相信我儿找不到一个比你好的黄花闺女。”

香香心头像被抠了一块肉，慌忙上阵与婆婆过招，两人练了好久嗓子，才被细姑劝止。

香香窝着一肚子火躺在床上等待丈夫的归来，细姑叫她吃晚饭她也不吭一声。

晚上 8 点，丈夫吃完喜宴回来，香香就向他倒苦水，要丈夫为她做主，她丈夫哼了一声，就醉眼蒙眬地倒在床上梦醉八仙了。香香见丈夫如此，失望至极，霍地站起，跑进农药房，胡乱地拿起一瓶农药，昂起头，咕咕地喝了起来。细姑听到农药房的动静，忙跑出来一看，香香已是瘫倒在地，满嘴的白沫在灯光下刺眼地笑着……

老婆恋

在 DD 茶吧里，老评正在和朋友开玩笑。

凑巧，他的女同事柳心也来到茶吧，从他们的桌旁经过。

老评兴奋地说：我老婆同性恋。朋友一听怔住了。

柳心一听，心里大呼，太可怕了。

本来她想和老评打个招呼，但是一听这话，她头一低，转过身，又从他们的桌边绕过，走出了茶吧。

老评并没有察觉，只顾和他的朋友开着玩笑。

第二天，老评上班，一走进办公室，只觉得怪怪的，同事们都静静地各自做自己的事，没有一个人和他打招呼，这与平时的情况不大一样，平时他一走进办公室，同事们就都笑哈哈地跟他打招呼，但老评并不太计较，觉得可能是同仁们都太忙的缘故，他也只顾做自己的事情了。

这样的情况持续了将近一个星期，老评按捺不住了。他问同事小丁："你们怎么一下子都不跟我说话了。"

小丁答："我也不清楚。"答完就匆匆走开。

第二个星期的星期一，局长办公会专门讨论了老评的事情，会开到下午 3 点。

老评一来到单位，局长办公室主任就打来电话，要老评到办公室去一趟。老评一坐下，主任就给他泡了一杯茶，然后微笑着对他说："局长办公会考虑到你的家庭情况，决定把你的工作移交给小丁，让你专心去处理家庭的事情。"

老评满头雾水，他不解地问：“我并没有向局里提出什么家庭困难问题啊。”

主任笑着说：“我知道，你怕给局里添麻烦。局长说了，现在你虽然股长没当，但是局里每个月给你加奖金 500 元。以帮你渡过难关。你若还有什么实际困难，可及时向局里反映，千万不要怕麻烦。”

老评从主任那里出来，百思不得其解这是为何，为何他股长做得好好的，说撸就给撸了，还找了个莫须有的罪名。

他就找了局长，局长笑着说：“你有实际困难不敢说，是个好同志，你现在要专心照顾好家庭，等家庭困难解决了，我会考虑给你新委派的。”

老评还是那句话：“我没有什么家庭困难。”

局长的回答也像是从主任那里克隆来的一样：“我知道，你怕给局里添麻烦。”

老评急了，他大声说：“局长，我真的没有什么家庭困难啊。”

局长笑着说：“好了，我知道，你先去，我还有事要处理。”

老评垂头丧气地走出来，他为自己一个星期以来的命运大转折感到困惑。

老评想起自己有一个朋友和局长是哥们，就拿出手机，拨通了朋友的电话，告诉他自己的情况，要他问问局长究竟是怎么一回事。

朋友一会儿就来电话问：“你老婆是不是真的同性恋啊？”

老评说：“没有这回事，这分明是空穴来风啊，子虚乌有啊。”

朋友说：“因为你老婆同性恋，担心会给单位带来影响，担心你会想不开。所以局务会就这样处理你。”

老评苦笑了一下，因为他一下子想到了那天在茶吧里开的玩笑。

他对朋友说：“那是我跟阮平开的玩笑，当时只有我和阮平在场，并没有其他人在场，这话怎么会传到局里去的，再说阮平是个从不把我说的话讲第二遍的人啊。”

朋友笑说：“局长说哪是同事告诉他的，是通过办公室主任传上来的一个事，全局上下都知道你的事。”

朋友又问：“那你开的是什么玩笑？”

老评说：“我是说我老婆同性恋，她跟我女儿黏糊得很，我女儿什么事都离不开她，真的是像同性恋。”

朋友笑说：“你玩笑也开得太不靠谱了，那是母女情深，怎么扯上同性恋呢，你自个儿解释去吧！”

老评拿着手机的手怔在半空中，成了一个大大的问号！

棺材里的哲理

姚财是个高利贷者，他已有60多岁了，无力下田干活，只靠高利贷过日子。

姚财有个无人知晓的爱好，他的祖先留下一口棺材，这口棺材就平放在他住的房间里，他每天都要像打扫地板一样把棺材擦干净。晚上夜深人静的时候，他总是不在床上睡，跑到棺材里睡。

棺材里睡觉也是别有风味的，冬天是绝对的暖和，所以正常情况下姚财的冬天都是在棺材里度过的。姚财在棺材里睡觉，总是可以想很多事，棺材里的生活让他把生死看淡了，觉得人总是有走进棺材的那一天，死没有什么可怕的，关键是活着的时候要有钱，这是他从棺材里悟出来的棺材哲理。于是他就千方百计地挣钱，首先是把自己的高利贷经营好。让自己的高利贷能够土蛋生金蛋，每一分钱都发挥它利滚利的功用。

他放高利贷也不分关系的亲疏，只要有钱挣，他连自己的亲属也不管，如果亲属要向他借钱，他总是说自己没钱，如果真的要借钱的话，他说可以帮忙借高利贷，亲属急着钱用，也只好去借高利贷。通过这渠道，姚财就把自己钱袋子里的钱每一分的余热都发挥出来，他的生活也因此过得有滋有味。

姚财把所有的财产和别人给他的借据全部放在棺材里，他觉得放在棺材里比放在银行里保险，因为世人都是很避讳死的，因此小偷也不会怀疑他会把钱放在棺材里，这是他的又一棺材哲理。

因为在农村，若是把钱放在床底下，一般都会被小偷给偷了，姚财的邻居有一次把自己卖猪的两千元放在床垫下，第二天晚上睡觉时，却找不到钱。当姚财听到这消息的时，就庆幸自己的钱放在棺材里是高明之举，虽过了几十年了也没有出现被盗的情况。

高利贷者有高利贷者的生活方式，姚财放高利贷是分利必较，但是他对自己的生活却从不含糊，他总是让自己的三顿过得很好，每顿都是有鱼有肉的，并且花样都不一样，他的老婆也因此吃得像个弥勒佛，整天只会笑，而不管什么。晚上自己一个人睡一间，门一关，马上就会响起雷声来，就因为她有打呼噜的习惯，因此夫妻俩老早就分开睡了，因此姚财的老婆也就不知道丈夫的秘密。

姚财近来感到特别的留恋棺材，只要一有空，他就在房间里静静地看着棺材，似乎感到自己一刻也离不开棺材了，他的儿子发现他总是呆呆地看着棺材，有时也对着棺材说话，就放心不下地安慰他说："爸爸，您不要多心，您才 60 多岁，日子还长着呢。"

姚财听了就生气："你知道什么，我会想死吗？科学说人最长可活到 140 岁，我才活了个二分之一多一点呢。"

"那你干吗对着棺材发呆。"儿子反问。

"我对棺材有感情，那是我来生的家。"姚财回答儿子。

儿子也就无话可说了，但还是感到父亲的不正常。因为平时姚财白天总是不待在房间里的，只是到睡觉的时候才会待在房间里。而现在不一样了，他连白天的时间也要守着自己的棺材。只是到了吃饭的时候才会出来。

儿子问母亲原因，母亲也说不知道。只是说可能年老了，变了。

姚财的儿子心里就有些担心。可是事情说来就来，没过多久，姚财断气在自己的棺材里。第二天他老婆叫他吃饭时发现棺材盖开着，姚财躺在里面。

她一探，没气了，就大哭起来。

儿子一来，发现父亲已经没气了，而在棺材里，有一大叠的钞票，和一些纸条，儿子就拿起来一看，原来纸条都是些欠条。足足有七八万元，而现金也有六七万元。

儿子就为父亲有这么多的钱却如此吝啬感到不可思议。

丧事如期办理，出殡那天，突然棺材里传来了咚咚的声音，全家人都很怕，怕是猫儿跑进去，会出现让死人还魂的现象。姚财的儿子壮着胆子扒在棺材边侧耳一听，原来是父亲在棺材里叫着，忙叫停下，撬开棺材，姚财坐了起来，把所有的人吓得呆住了。

姚财的儿子走过去，对姚财说："爹，我们回家吧。"

姚财说："我走到半路，记起一件事，没有交代，邻村姚丁欠 15 元钱，利息 5 元，记得讨回来。"

姚财说完又躺下了。这回是真的死了。

遗言

林老支书已在鸡鸣市的古雷海边待了 70 多年了，他在村里当了 50 多年的支书，很受村人的敬佩。

今天他视察了三个地方回来，很是兴奋，他首先去的是杏仔避风码头，码头现在规模很大，每天都有一百多艘船只进港停泊。这是他当上村支书为村民办的第一件实事，使得村里的渔业因而得到大发展，村民的日子一下子过得红火起来。

第二个高兴事是建设杏仔村小学，小学建设得环境优美，教学楼亮堂美丽。当他走进学校时，校长就客气地来迎他，把他的伟大功绩实实在在地夸了一遍，乐得他如夏天喝了冰镇凉茶一样的爽。

第三件大事是为村民建了一座王公庙，庙里祀的神是开漳圣王陈元光及其夫人，他还把清朝康熙年间禁海迁界期间的开禁石碑给找到了。仿了一块新的，连同旧的一起立在庙里。庙门口建了一座戏台，以供“王公生节”时演戏给王公看。

他回到家，坐在大厅里喝着茶想着这三件大事，不由得有点儿陶醉。他又想到自己的子女们，更是开心，孩子们一个个都出息，四个儿子皆出外任职，从省城到市府到县城到镇依次排，每一级都有，两个女儿一个在镇中学，一个在村小学当教师。子女们的日子都过得很滋润。

正当他处于美好的回忆中时，他的老婆从三楼走下来，笑着说:“老头儿，今天我可是太高兴了，刚才二团打电话回来，说是憨孙考上了北京大学。给我们报喜来了，这是咱村有史以来考得最好的大学啊，是我们林家的荣耀啊！”

老支书不相信自己的耳朵，又问了一遍。他老婆又重复道：“憨孙考上了北京大学。”

“北京大学？”

“北京大学！”

林老支书连续念叨了两遍。只见他抽搐了一下，嘴巴流出了涎水，头朝地上歪了下来。

他的老婆一见，急忙扶了他一下。叫道：“老头，你怎么了？”

林老支书已是不能说话。他老婆急叫邻居，邻居帮忙叫了赤脚医生，医生看了一下，说是中风，给他做了常规抢救，建议立马上市医院。

经过市医院医生的全力抢救，林老支书醒了过来。全家人舒了一口气。但是医生告知家长，脑器官和心脏已是大面积梗死，剩下的日子不多了，要他们准备后事，全家人的脸一下子又阴了下去。

大家就急了，不知林老支书有什么后事要交代。

他的大囝就伏在他的身边小声地问。

林老支书开口小声地说：“陈林，叫陈林。”

他的囝们不由一怔，父亲怎么一开口就叫陈林，叫哪一个陈林，叫他干什么。

大囝就问：“爸，你是要叫副镇长陈林吗？”

林老支书摇了摇头，大囝又问：“那是叫村支书陈林？”

林老支书没有说话。

大囝急忙打电话给村支书陈林，要他第一时间赶到市医院。

陈林雇专车赶到了市医院，他一走到林老支书的病床前，林老支书就伸出手，陈林忙拉住他的手，笑着说：“老支书，村里的事你放心，我陈林会做好的。”

林老支书摇了摇头，陈林就问：“那你叫我来，有事要向我交代。”

林老支书点了点头，他招了招手，陈林忙把头凑过去。林老支书喘了一口气，小声说："陈林，我，对不起你，40年前，你，本是北京大学，大学生，是我把你的，录取通知书，扣了，原因是，你的舅舅是地主，你出身成分，不好。你，从此跟大学，失之交臂。这事，成了我的，一块心病。我，没把它说出来，死不瞑目啊！"

陈林怔住了，往事一下子涌上了心头，40多年来的谜一下子解开了，40多年前，他是市一中的高才生，学习成绩在年级排名第二，又是学生会副主席，他班上学习成绩比他差的同学一个个都上了大学，唯独他一个人回乡务农。

林老支书见陈林一句话也没说，知他不能原谅他，招手让大团过来，要团扶他下床。他团把他扶下床，刚一下床，他就对着坐在床边的陈林跪了下去。

陈林愣住了，张大了嘴，看着林老支书，继而赶紧跳下床，过来扶起林老支书。笑着说："老支书，你怎么能这样，这不是让我难堪吗？你解开了我心中一个藏了40多年的谜，我还要感谢你呢！"

林老支书见陈林这么说，喘了一口粗气，浑身一软，瘫倒在地上。

病房里顿时乱成一团。

叫我一声妈

卢玲的儿媳妇晓丽，是百里挑一的好媳妇。

鸡鸣市鸡鸣村的人一提起她，就竖大拇指夸卢玲是前生修来的福分，找到了好媳妇。

晓丽进了卢家大门后，就成了个大忙人。她忙了家里的就忙田里的，忙了屋里的就忙圈里的。她的农活让村里的农把式啧啧称赞，家务活更让村里的媳妇忌妒。村人进了她家，就有一种清清爽爽的感觉。她养的猪喂的鸡，村里若有谁在路上见了准会说，看那样肥，准是晓丽家的。

晓丽对待婆婆挺好的。冬天到了，她就事先为婆婆考虑冬天的衣被，让婆婆暖暖和和地过好冬。夏天到了，她已为婆婆准备好了夏服，婆婆就有了个凉凉快快的夏天了。

按理说，这样的媳妇，婆婆应该会有一千个宽心。可晓丽的婆婆卢玲似乎对她不满意，对她有那么点隔阂。当她的老姐妹们跟她扯起晓丽，夸她是好媳妇时，卢玲总是长叹一声，脸上流露出一丝丝的悲伤之情。

村东头的老姐妹卢静美感到奇怪，她问："卢玲啊，这么难得的媳妇，你还不满意吗？像我，把六个儿子扯大了，娶了媳妇，却没有一人跟我合得来，60多岁的人还得孤苦伶仃地另起锅灶，一个人吃饱全家不饿。我那些媳妇，一个个巧言快嘴，说我这婆婆这里不好，那里不好，你是不是喜欢我这样的媳妇啊？"

卢玲笑道："好是好，只是非常生分。"

卢静美问道："怎么个生分法呢？"

卢玲支吾不言。

卢玲这话就在村里传开了去。村人街头巷尾就议论:“好人家不知孬人家的苦,卢玲有那么好的媳妇还不知足,唉,真是人心不足蛇吞象啊!”

卢玲听了,不说什么,只是苦笑。

近古稀之年的人,就如残烛一样,说灭了就灭了。那天,卢玲正逗孙儿玩,突觉得左半身动弹不得,忙唤儿子,儿子跑过来,刚好扶住将要倒下的卢玲。

卢玲住院三个月。晓丽侍候婆婆三个月。端尿端屎,洗脸擦身,喂药喂饭,比亲闺女还亲。三个月下来,晓丽没睡个安稳觉,落了一身肉,整个人显得清瘦。

村里人见了,对晓丽的孝顺更是赞不绝口。

三个月的治疗没让卢玲瘫了的左半身恢复正常,卢玲躺在床上起不来了,她离黄泉路越来越近了。不久,卢玲又中风,送到医院时,医生看了看,摇了摇头,说:“回去吧,准备后事吧!救不了。”

回到村里,卢玲被颠簸得醒了过来。

她拉着儿子的手,交代后事。儿子流着泪一一应了下来。

卢玲讲完,喘着粗气,拿眼瞥了晓丽一眼,似有话说,但又失望地闭上眼。

一会儿,卢玲又睁开眼,动了动嘴唇。

她儿子见状,蹲下身,附着她耳朵问:“妈,你要说什么?”

卢玲动了动嘴唇,眼睛盯着晓丽,声音极细地说:“晓——丽,叫——声——妈!”

晓丽听了,流着泪,走过来,附着卢玲的耳朵,带着哭腔,动情地呼唤:“妈妈,媳妇在这!媳妇是不习惯啊,妈——妈,妈——妈!”

卢玲闭着双眼,眼泪一滴又一滴地慢慢流了出来。

卢玲嘴唇动了动,又动了动。

晓丽附身去听:“你——叫——妈——了,好,好……”

长翅膀的彩带

粉红色的彩带扭动着，像一条粉红色的虫子，一屈一伸地，快速而优雅地在彬彬的手中舞动着。

彬彬的小手左右摆动着，像一只鹅在快速地用脖子啄食，一丝笑容定格在那粉红的面上，流淌的口水闪闪发光，也像彩带一样左右摇摆。彬彬闪亮着眼睛，盯着不停飞翔的彩带，笑容像一朵芍药花。

彬彬妈妈黄燕喊道：“彬彬，别玩了，快来吃饭。”

彬彬没有停下，只是“咿咿啊啊”了两声，回过头来，冲着他妈妈笑了一下，咧开嘴巴，转过身去，吸了一下口水，又舞动起彩带。

彩带像一条龙似的，在彬彬的手里飞舞起来，时而像风摆柳条，时而像石猴爬山，时而像红龙戏水。彩带活起来了，像长了翅膀似的，在彬彬手中自由自在地快乐飞舞。

“彬彬，吃饭，听见没有。”妈妈又叫。

彬彬“咿啊”两声，又像猴子生气似的嘶嘶两下，表达自己强烈的抗议，然后又舞起彩带，彩带像彩虹似的变换着色光。

黄燕生气了，从餐厅走过来，大声疾呼，抢走了彬彬的彩带。彬彬愣了一下，咿啊咿啊地嚷嚷，他站起来，伸出手去抢妈妈手上的彩带，没有成功。黄燕把手伸到身后，将彩带弄成团，握在手中。

彬彬着急了，他推妈妈黄燕，抓住妈妈的手，要把她的手掰开，他边掰边啊啊呀地叫着。黄燕手握得很紧。彬彬没有力气掰开，彬彬低下头，用嘴巴咬妈妈的手。

黄燕痛得大叫一声，松开手。彬彬抢过彩带，跑到旁边，又飞舞起来，边舞边摇头晃脑的，不知刚才发生什么事，仿佛只有彩带才是他梦想的世界。

黄燕看着手上的牙齿印，牙齿印里渗出了鲜血。她气呼呼的，走到彬彬身边，抢过彩带，快步走向阳台，把彩带扔了出去。转过身，对着彬彬的屁股啪啪地打了两下。骂道："生你这种无用丁，将你扔掉算了。"

彬彬啊哟啊哟地叫着，随之呜呜地哭了起来。他边哭边跑到阳台，他看到彩带在半空中飘舞，边飘边向低楼降下去。

彬彬咿啊咿啊地拉开门，冲到电梯间，按了一楼，冲进电梯。

黄燕在背后喊道："没用丁，你要去哪里？"

彬彬没有回答。他在电梯里咿啊咿啊地哭起来了。电梯到了一楼，彬彬走出电梯，他冲到小区的楼间道，看到了彩带正在向下飘。他很高兴，希望彩带迅速飘下来，飘到他的手上，他向着彩带招了招手，眼睛里充满了期待。但是彩带并没有向下飘，一阵风来，彩带像是和他玩游戏似的，调皮地扬起头，向上飘扬起来，像是长了翅膀似的向着远处顽皮地飞走了，边飞边上下跳动着，像是在舞蹈。

彬彬挥着手，咿啊咿啊地嚷着，咿啊咿啊地跺着脚，彩带不理睬他的呼叫，得意地跳着舞飘向远方，去寻找自己的归宿。

彬彬看飘带飞走了，像心被人带走了似的，像是梦想被人打碎了。他伤心地号哭起来，坐在小区的草地上，拔下草，边哭边往前面扔。他哭得口水唾沫满身，看来是真的伤心了。

黄燕乘电梯追了下来，看到彬彬如此伤心，有点内疚，小声地劝道："憨团，别哭了，妈妈以后再找彩带给你玩，我们回家吃饭吧。"

彬彬只顾自己哭，不理睬妈妈。

黄燕没办法，只好用手拉起彬彬，把她抱在怀里，走回电梯间，按了上去的按钮。电梯门开了，黄燕走进去，彬彬咿啊地捶着妈妈。黄燕被捶痛了，放下他，小声说："憨团乖，不闹了，妈妈以后再给你买。"

彬彬把口水抹满妈妈的衣服，黄燕轻轻地拍着他的背，哄着他。

彬彬静了下来，16 层到了，黄燕拉着彬彬的手出了电梯，进了屋子，彬彬跑到阳台，看着天空，长了翅膀的彩带飞走了，没有影子了，彬彬大声地啊啊叫起来。

黄燕把彬彬拉到饭桌前，端来了饭，要彬彬吃饭，彬彬不吃，呆坐在那，黄燕没办法，只好端起碗，细声说：“来，憨团，妈妈喂你。”

黄燕舀起一汤匙饭，对彬彬说：“张口。”彬彬无力地张开口，吃起来，吃了几口，彬彬又想到彩带，闭着嘴不吃饭了。

黄燕说：“妈妈错了，有机会就再给你买彩带，乖，吃饭。”

彬彬又吃饭，吃了几口，彬彬想到彩带，又不吃了，他走到客厅，坐在那，呆头呆脑的，满脑还是彩带，他的眼前到处是那飘飞的彩带。

没有彩带的日子，彬彬一点儿也不高兴，他独自一个人坐在阳台上，看着天空，等待着那长了翅膀的彩带飞回来，但是日子一天天地过去了，长了翅膀的彩带没有飞回来，彬彬更加的伤心，他连咿啊咿啊都不叫了，整天感到浑身乏力，吃饭也没有意义了，只觉得那饭一点儿味道也没有，吃了几口就不想吃，吃多了就想吐。

黄燕看了很伤心，看着彬彬一天天地瘦下去，她想着办法变换菜的品种与色样，力图引起彬彬的吃饭兴趣，但是不管黄燕费了多少心思，彬彬还是吃不下饭。

黄燕总是说：“乖团啊，你多吃一点，不然身体长不好啊，长不好就会受人欺负啊。”

彬彬听妈妈说话，也不表达自己的态度，因为他平时表达态度时，同意总是啊一声，不同意是呜噜一声。现在不管妈妈说几声，他都没有反应，静静地看着妈妈，一个声音也不出。

黄燕没办法，只好带他去看医生，医生说：“你孩子没有病，只是厌食，你要多带他到户外去运动。让他快乐起来，他就有食欲了。”

黄燕遵从医生的嘱咐，经常带着彬彬到公园散步，找小朋友们玩，但是彬彬还是不高兴，吃饭还是那么少。

黄燕问：“彬彬，你怎么不吃饭，你可是一吃就是一大碗的啊。”

彬彬咿啊咿啊地说了几句，妈妈没听懂，妈妈伤心地抹了抹眼泪，心想：这哑巴，都十岁了，也不会说话，再这样下去，连活着都成问题了，我怎么命这么苦啊。和他说话，他只会咿啊咿啊地打哑语。让人好难受啊！他究竟要表达什么意思呢？

彬彬一回到家，就搬只椅子坐在阳台上，看着半空，等待着粉红色的彩带飞回来，他相信彩带会飞回来，因为彩带长了翅膀，有了翅膀的彩带一定会回来找他的。他喜欢彩带，他对彩带有感情，彩带对他也很好，彩带是他全部的梦想。

彬彬看到窗外有一只燕子在飞来飞去，他咿啊咿啊地叫着，他在招呼燕子，他在询问燕子，有没有看到他的彩带，如果有，告诉她，彬彬在想念她，请她回来。

燕子吱吱地唱着歌，很是快乐。彬彬也想快乐，他想像燕子一样，长一双翅膀，在蓝天底下自由地飞翔，去寻找那粉红色的彩带，带着彩带找到自己的快乐，找到自己的幸福。

可是彬彬没有翅膀，彬彬也不长翅膀，彬彬想到自己没有翅膀，就生气地啊啊叫了两声，他在啊呀地问燕子，为什么我不会长翅膀，为什么我不会像你一样自由自在地飞翔。燕子啊，燕子，你带我飞翔吧，我要去找我的彩带。

彬彬咿啊咿啊地对燕子说话，燕子似乎被感动了，它贴近彬彬，张着它的大嘴吱吱地叫着。

彬彬感到燕子很可爱，很调皮，他就笑了，他为燕子的快乐而高兴。

黄燕听到彬彬的笑声，心里有了一丝的宽慰，这是彬彬几个月来的第一次笑声，这笑声给了她希望。

果然，晚上吃饭时，彬彬吃了一大碗，黄燕高兴了，她说：“乖囝，今天很棒，一下子吃了一碗。”彬彬没有搭理妈妈，他吃完饭就走到客厅去看电视，他打开中央电视台少儿频道，看着少儿节目。

晚上睡觉，彬彬感到很累，他做了一个梦，梦里见到了粉红色的彩带，他舞着彩带，燕子带着鸟儿朋友们来了，围在他的周围，高兴地跳着舞，唱着歌。彬彬从未有过的快乐，他舞着彩带，飞了起来，他没有长翅膀，可是他与燕子一样飞起来，他感到很意外，自己居然会飞了，他飞得比他家的房子还高，他看着他家的房子，很小很小，很低很低。燕子飞过来了，它说："彬彬，你累了，坐在我的翅膀上吧，我载你去一个很快乐很快乐的地方，那里有你的彩带，有你的幸福，你会像我一样快乐的。"彬彬咿啊咿啊地叫了两声，他答应了燕子。

彬彬爬上了燕子的背部，燕子载着彬彬，飞啊飞啊，飞啊飞啊，老是飞，老是飞，还是飞，还是飞。彬彬感到风在耳朵边呼呼地吹着，他很高兴，很高兴，他笑了，他咿啊咿啊地哈哈大笑起来。

他哈哈地笑醒了，天亮了，他睁开眼睛，一看窗外，窗外的太阳射进来了，窗外有燕子的吱吱声，燕子快乐的吱吱声。彬彬知道了，原来是燕子早起在唤自己起床。

彬彬起床，走到阳台，坐在阳台的椅子上，看着燕子在半空中盘旋，低徊。他在等待，在等待他那粉红色的彩带飞回来，与他一起快乐地跳舞。燕子又飞来了，是上次的那只吗？好像不是，这只燕子更小巧，更活泼。它吱吱地对着彬彬叫，彬彬向它挥挥手，燕子好像很高兴，要告诉他什么喜事似的。

彬彬想：它是不是要告诉我彩带的去向呢，我的彩带是不是去了一个很快乐很幸福的地方，所以一去不再回来了。彩带不知道我多么想念它啊，它自己只顾贪玩，却把我这么好的朋友给忘了。

彬彬有点儿埋怨彩带了，彩带是有翅膀的，她是能飞的，能飞的彩带太不够朋友了，这一走就是好几个月，连捎个口信都没有。

妈妈在接电话，声音很大，把彬彬的遐思给打断了，彬彬不得不把注意力转移到听妈妈接电话。

彬彬听了老半天，也没听出妈妈在跟谁通电话。妈妈接完电话，对彬彬说：“彬彬，晗晗生日，我们晚上去参加。”

彬彬摇了摇头。

黄燕又说：“有生日蛋糕吃，你不是喜欢吗？”

彬彬点了点头。

黄燕笑说：“这就对了，这样才是乖孩子，我们出去买个礼物送给晗晗吧。”

黄燕带着彬彬出去买了一本书，作为礼物送给晗晗。

彬彬有点儿期待，他咿啊咿啊地叫着，显得很激动。黄燕见了很高兴。

晚上，他们吃过晚饭，就坐着摩托车来到了晗晗家。晗晗家是自己盖的房子，很宽敞。车一停下，彬彬就跳下车，冲进打开的大门，啊啊地叫着晗晗。

晗晗从屋内出来，她穿着粉红色的裙子，梳着辫子。彬彬拉着她啊啊地说着话，很高兴。

黄燕笑说：“晗晗，你今天打扮得很漂亮。”

晗晗不好意思地说：“我妈妈给我买了一件新裙子，说是我生日，要穿得漂亮一些。”

黄燕问：“晗晗今年读几年级？”

“四年级。”晗晗拉着彬彬回答说。

黄燕想：要是彬彬能说话，也该是读四年级了。黄燕跟在两孩子后面走进客厅。

八个小朋友都来了，晗晗就吵着要妈妈切蛋糕。

晗晗妈妈把蛋糕盒从柜子里提出来，摆在餐桌上，八个小孩围了过来，晗晗妈妈把系在盒子上的粉红色彩带解下来。

彬彬见到粉红色彩带，眼睛发亮，他瞪着眼一刻也不离晗晗妈妈的手，像一只饿虎看上了美食一样，要扑上去似的。晗晗妈妈一解完彩带，把彩带团成团，正要把它放在旁边的桌子上，她手刚离开彩带，另一只手就闪电般地伸过来，抢走了彩带。

晗晗妈妈一愣，侧脸一看，彩带已经在彬彬的手上了，彬彬满脸微笑，他迅速地展开彩带，跑到客厅，欢快地舞起来，彩带在他的手上活起来，像是长了翅膀似的，扑腾扑腾起来。彩带顺着彬彬的意思舞成长龙，舞成彩云，舞成公鸡，舞成彬彬的七彩梦想。

彬彬感到很快乐，很幸福，他边舞边啊啊地叫着，他的身体很舒展，各种各样的动作也随之有节奏地出来，让人感受到他是个专业的杂耍演员。

孩子们的父母高兴地观看彬彬的舞蹈，他们看到彬彬动作如此之娴熟，如此之自如，反应如此之快速，舞技如此之优美，纷纷鼓起掌来。

黄燕见彬彬舞个不停，让生日晚会无法进行，就上前拉住彬彬说：“乖团，先参加生日晚会，吃完蛋糕再舞。”

彬彬听话地拿着彩带，来到餐桌前，晗晗妈妈就开始主持生日晚会了，小朋友们在蛋糕上插上蜡烛，晗晗妈妈点上火，说：“唱生日歌，祝你生日快乐。”

孩子们张开嘴巴，起劲地大声唱起歌来。

彬彬看着手上的彩带，低着头抚弄着。生日歌唱完了，孩子们迫不及待地吹灭了蜡烛，一个个吵着，吃蛋糕，吃蛋糕。

彬彬啊啊地走到客厅，又舞起彩带来，其他孩子叽叽喳喳地边说话，边吃着蛋糕，一个个把自己吃得像花猫似的，满脸都是蛋糕，黄的白的黑的。

彬彬专心地舞着彩带，他对吃蛋糕不闻不问，好像吃蛋糕与他没有关系。彬彬陶醉了，他感到自己像是跟着彩带一起飞起来了，他舞着彩带，整个身子跟着彩带飞了起来，一会儿在半空中，一会儿在地上。

孩子们的父母看得呆若木鸡。晗晗的妈妈说：“彬彬彩带舞得像个专业的演员。”

另一个妈妈说：“彬彬有特殊才能，应该让他去训练，当个舞彩带的演员也不错。”

黄燕说：“那是孩子在玩，你说一个哑巴当个运动员有什么用呢？”

另一个妈妈说：“稍不留神就成了世界冠军。”

黄燕说：“成了世界冠军又有什么用，还不是同样不会说话。”

晗晗妈妈看了彬彬妈妈一眼，她无法理解黄燕对培养孩子的看法，她提高音量说：“有了爱好，孩子就有自信，就有自尊，这样孩子才能快乐，才能幸福。孩子不快乐，不幸福，你说长大后怎么办，像他这样的特殊情况，你不给他找个出路，你让他以后怎么生活，你不给他创造条件，他长大了可要恨你啊。”

黄燕脸红了起来，红得像张大红纸，像个害羞的大关公。

另一个妈妈说：“很多例子说明，有缺陷的孩子都有特殊才能，我们父母要帮他们发现这一才能，比如霍金……”

黄燕羞得低着头，只是不停地点头表示同意妈妈们的意见……

彬彬没有理睬大人的谈话，他动作快速地舞动着彩带，一个人在客厅里左左右右，前前后后地翻腾着，他沉醉在自己的彩带世界里。

彬彬想：原来彩带跑到晗晗的生日蛋糕盒上了，这彩带真是不够朋友，到了晗晗家也不说一声，让他不快乐了这么长时间。

彬彬舞动着，紧紧地握着彩带，他担心别人再一次抢走他的彩带。

彩带舞动着，彩带快乐地舞动着。彬彬的面前，一个美丽的彩带世界，一个快乐的彩带世界让他呵呵地大笑起来，他仿佛感到自己长了翅膀，像是坐飞机一样，跟着彩带飞了起来。

彬彬跟着彩带飞起来了，飞上了蓝天，飞到了海峡上空，他看到了大海，看到了蔚蓝色的大海，他兴奋地啊呀大叫起来。

彬彬妈妈黄燕也乐了，乐得满脸写着幸福，她仿佛看到了彬彬的幸福，她仿佛看到彬彬站在舞台上挥动着彩带，快乐地在舞台上……

争印

鸡鸣市尖田村的老村主任刁兴风在这届村长换届选举中出乎意料地落选了。一个黄毛小子胡明宽当选为村主任。

老村主任刁兴风一听到选举结果，就大骂村支书和镇里的领导，说他们都是饭桶，都是蠢猪，商量好的事，却变了卦。

村支书刁宁胜无奈地说："老兄，你都无法料到有这样的结果，更何况是我呢。"

刁兴风听后叹了一口气，问道："那现在怎么办？村里的财务都没有做账，再说我对这小子当村主任很是不爽啊。"

"咋办，拖呗！然后见机行事。"

"唯有如此了。"

两人一谈完就心情颇为沉重地散了。

刁宁胜一出门，刁兴风就香烟一支接一支地抽起来，他在想着怎样来拖。不然，村里那些账就没办法做了，那自己和支书只有死路一条了。

第二天刚吃过早饭，新任村主任胡明宽就上门来了。胡明宽一进门，看到刁兴风正吃饭，忙笑着打招呼说："老主任啊，刚吃！"刁兴风见是胡明宽，忙放下碗，笑着说："明宽啊，坐，坐！"

胡明宽掏出一包恭贺新禧的香烟，抽出两支，分一支给刁兴风，掏出打火机，为刁兴风点上，又自己点上，吐出一口烟，对刁兴风说："老主任，您吃吧，吃完我们再谈。"

刁兴风说："那好，我把这碗饭吃完。"

刁兴风边吃饭边想着如何来应付胡明宽，吃完饭，他的办法也就有了。

刁兴风在沙发上一坐下就笑着说："明宽，这么早来我家，敢情是有大事要商量？"

胡明宽抽了一口烟，拿眼看着刁兴风说："我刚当上村主任，年纪轻，没经验，我希望您能帮帮我，您是个有威信的老主任，不知您是否愿意？"

刁兴风笑笑说："明宽啊，你说哪里话，我这人没读多少书，见识短，考虑问题总是犹犹豫豫的，不像你们年轻人，书读多，脑子好使，做事果断。不过，有能帮上忙的，你尽管说。"

胡明宽听到此，忙高兴地说："那太好了，有您帮忙，村里的工作肯定会很好开展。老主任，我想和你商量一下关于印鉴移交的问题，不知您什么时候要移交？"

刁兴风听到这，不由瞄了胡明宽一眼，猛地吸了一口烟，然后把它向空中慢慢地吐出，烟在空中绕成一个感叹号，刁兴风看着圈，作沉思状。一会儿，慢吞吞地说："明宽啊，不是我不移交，是村里旧班子还有一些事情没摆平。等到这些事摆平后，我就移交给你吧，你再等等吧。"

胡明宽听到这，不由一愣，他又抽出一根烟扔给刁兴风，自己也续上一根，问道："什么时候能摆平？"

刁兴风用手点了一下烟头，把上面的烟灰点掉，说："短则一个月，多则三个月。"

"那好吧，你们要尽快地做完未做的事，尽快把印鉴移交给我，不然，这村委会的工作就没法开展了。"说完，胡明宽就起身告辞了。

刁兴风看着胡明宽单薄的身影，嘴角浮出一丝不经意的冷笑：黄毛小子，想要我交出印鉴，早着呢。

一个月后，胡明宽又找到了刁兴风，他还是很客气地掏出一包香烟，掏出一支递给刁兴风，然后又替他点上。接着就开门见山地说："老主任，不知村委会的印鉴你用完了吗，新的村委会有很多事情要做，我急着要用印鉴。”

刁兴风笑着说：“明宽啊，不是我不想交，给你说白了，村里的财务是一乱摊子，账还没做完，没办法移交啊。你就再忍一忍吧。再过一个月吧。”

胡明宽二话没说就走了，他想应该找会计谈一谈，于是，他拐进了另一条巷，进了会计林小敬的家，林小敬正要下田，见是明宽，忙招呼。林小敬又是敬烟又是点火，他的媳妇忙把茶具冲洗一下，俩人就泡起茶来，边喝茶边在烟雾之下聊了起来。

明宽说：“小敬，你我是多年的老朋友了，可我从没问过你有关村里的财务，今天我走上了主任这个位子，我想，你该把村里的财务情况跟我说说吧。前几天老村主任对我说，现在村里的公章还不能转给我，说是你们还有很多账没做好，是不是真的。”

小敬抽了一下烟，把它慢慢地吐了出来，烟就在天空中打了一个圆圆的圈，然后又在风的吹拂下慢慢地散了，袅袅娜娜的像个多情女子。小敬颇为沉重地说：“老主任说的是真话，村里的财务是很乱，至今前任的账还有好十几笔都没做好呢，那些好难做啊！连我也不知要怎么入账啊。”胡明宽顿了一下，又问：“那老主任对我没有看法吗？”

“怎么会没有呢，他可是耿耿于怀啊！”

“是这样吗？我怎么没看出来。”胡明宽讲这话时心中有了一种莫名的触动，小敬说的和他想的是一样的，看来这刁兴风可是个不好剃的头啊。

胡明宽又说：“那些账究竟有多少？”

“有 20 多万吧，都是很不好入账的，一入账就是违法啊。”

“噢，我心中有数了。”

“什么时候能做完。”

“大约要再等一个月吧。”

明宽听到小敬说出这关键的一句话后，心中那个很重的石头卸了下来。

他心里有了应付刁兴风的对策了。

一个阴霾的日子，胡明宽在忍过了长达三个月的时间后，第三次走进了刁兴风的家。他从林小敬那知道了账已做好了，这次去是为了把印鉴拿回来，不然，村部的工作根本没办法开展，没人要做事，村务一团糟。当他走进刁兴风家时，他的老婆很是热情地请他坐下，然后泡茶，喝了茶后，就对他说："老刁去了城里。""怎么会呢，我刚才打电话来，你儿子不是说他在家吗？"

"县里刚来电话，说县委有急事要他马上去，他就坐车走了。"

明宽找不到刁兴风，想：可能是刁兴风有意为难他了，刚才邻居说还在，为何一转眼就上城呢，他现在也没职务了，县委会有谁找他。这样想着，胡明宽就产生了向上级反映情况的想法。不然拖下去，他这村主任就要威信扫地了。

胡明宽回到家，马上给镇党委书记打电话，把这一情况向他汇报。党委书记说："怎么这么久，印鉴还没移交，我给他说说，叫他立马办。"

胡明宽打完这电话后心里舒坦多了，但他又有忧虑，以刁兴风的这癞皮狗的性格，他是没那么容易就听党委书记的话，乖乖交印的，再说他现在什么职都没了，是天不怕地不怕的。要他交印，必须再找新招，依法办事。

党委书记给刁兴风打了电话后，立马又打电话给胡明宽，告诉他刁兴风答应这个月底交出印鉴。书记笑着说："明宽啊，兴风做了几十年的村主任，突然没做了，心理很不平衡，你不要把他逼得太紧了，让他心理平衡一下，他就会把印交还给你的。你先把工作开展起来吧。"

胡明宽说："书记，我知道怎么做的，你放心吧。"胡明宽觉得书记说的话很在理，刁兴风在村里确是个呼风唤雨的人物，现在的村委都是他的老部下，他宗族势力也很大，弄不好产生宗族争斗，这工作就更难搞了。他决定还是先用软办法，若真的不行再用硬的。

他就三天两头地往刁兴风家跑，有时拿一两样东西给刁兴风的母亲吃，但每次去都没碰到刁兴风，他知道刁兴风在躲着他。

胡明宽在逼刁兴风交印的日子里，刁兴风正在紧锣密鼓地进行“地下游击队”工作。他动用了所有的老关系，准备拿掉胡明宽，续任村主任，不少人给他出谋划策。

胡明宽开始开展工作，他感到有一股力量向他挤压过来。村里的工作无法开展，村委委员都听村支书的，没人听他的。他这新官上任要烧的三把火，一把也没点燃，更不用说是烧了。明宽感到自己被一种力量架空了，成了一个浮在半空中的气球。他不由得有了一丝的惊惶，一丝的不安。他整夜地失眠，脑子在不停地想着法子。

难度的日子一天天地过去了，可是刁兴风一点交印的意思也没有。这时，全村的谣言四起，说胡明宽软了，像一团面，当村主任是光杆子，被老村主任和村支书当猴耍。又说他无能，村里的大小事也不会做一桩，村务一团糟。更难听的是说他像老村主任家的狗，天天往他家跑，为他家守门看户。这些流言传到胡明宽的耳里，气得他跳了起来。更要命的是生产了一个桃色新闻，说是明宽和县里美美发厅的一个按摩女同居。害得明宽内院起火，妻子和他闹离婚。

人的忍耐程度是有限的，胡明宽立马冲到刁兴风家，这次杀他个措手不及，当面撞上他。胡明宽本来满腔的火，见到刁兴风时，他的火就更大了，刚要烧起来，理智就告诉他，应该和他好好谈。于是，他就吞下了那大火。很礼貌地给他递烟，点火。之后就和他谈了起来。软话没说上几句，双方的火就上来了。胡明宽大声嚷道：“你不要把我尊敬你，当成是我怕你，当成我是傻瓜，若你真的是要软土深挖，那我只有奉陪到底了，到时你可别后悔。”刁兴风说：“你告到哪儿，我也不怕，从镇里到县里到处都有我的人，看你小子有几根骨头，我不把你一根根地折断，我就不姓刁。”

“那就等着瞧吧，我依法办事。”

说完，胡明宽就大步走出了刁家大门。

回到家后的胡明宽越想越气，这个刁兴风真是好肉不吃专拣臭肉。我是看他是叔辈，尊他，他却把我当成二百五。看来不动真格的是不行了。他想到刁兴风说的话，觉得他说的有道理，自己多次向县里反映了情况，县里都说要做他的思想工作，原来都在踢皮球。

胡明宽主意打定了，他就直接到了好友高能家，把他约到他家，叫老婆炒几个菜，拿了瓶黄河大曲，两个人边喝边聊了起来。他想最后听一听高能的意见。高能听他说完了他的想法后，看了他一眼，很中肯地说：“要说是本村人，抬头不见低头见，这样做从人情上来说，欠人说闲话，不大忍心。但是从法律上来说，那是合法的，再说不是你无情，而是他无理、无情又无赖，你这样做，对得起天地良心，对得起百姓和政府，我支持你……”

三天后，胡明宽带着整理出来的材料走进市报社的大门，之后在市报头版头条就有了这样一条《前任村主任不交印为哪般》的消息。这消息就像一枚炸弹，把县五套班子的主要领导的头炸醒了，不久，由县市纪委组成的刁兴风调查组进驻了尖田村……

最后一只北极熊

北极一片汪洋大海，白茫茫的让人望而却步。大雪冰封、冰冻三尺的日子已是一去不复返了。

我好困啊，想冬眠，但不知为什么，我的内心一片烦躁不安，孤独、寂寞充满了我的大脑。我找不到一个地方，无法挖一个雪洞，藏进去，安全地、无忧无愁地睡觉。

我号叫着到处寻找我的哥哥、父母，我的叫声在空中回荡着，没有其他的声音与我共鸣。我在整个北极游荡，寻找，游过一个小岛，又游到另一个小岛，仍没能找到他们，甚至我的朋友们也无从寻觅。我不知道他们都跑到哪儿去了，为何把我一个人孤零零地留在这里。

现在的北极，怎么到处都是水？冰看上去很厚，一踩下去却就掉进了水中。我的经验都已经不可用了。我把小时候父母教给我的看家本领也拿出来，但在这一片汪洋大海中都已不可用了。原来对生活充满自信的我，现在变得做什么都犹豫不决了，就如一个优柔寡断的女人。

我哭泣着，为自己肚子很饿，却无处找到可口的食物而伤心。我坐在一个小岛屿上，望着茫茫的大海，太阳在我的头上毒辣辣地烤着我，仿佛要把我当烧烤一样烤熟。阳光烤得我直流汗，我受不了这样的热，只觉得眼冒金光，大脑有种晕眩感。我只好小心地下到水中，让自己悬浮在小岛屿旁边。我不敢走远，怕自己没有体力再游上岸。我希望在水中能够看到海豹，但是我失望了。海水中没有见到我喜欢的水族踪影，他们平时都没有离开他们生活的地方，但是今天我已经从海豹经常生活的地方经过三次了，都没有见到他们。是不是他们怕我呢，还是他们都迁走了呢？乌黑的海水中只有一两条小虾在水里痛苦地游来游去。我在水中泡了好久，感到有一丝的寒意，又爬上岸。我低头看看自己的下身，满身都成了乌黑一片，美丽的白毛被海水染成了黑色。我害怕，赶忙又扑通一声跳进海里。我想把身子的黑色洗掉，但我上了岸一看，还是乌黑的一片。没办法找回自己的美丽白毛，我不由得痛哭不已，为自己失去了自己的本色，不能够再为自己美丽的外貌而骄傲。

我想不通，前几天还不至于这样，为何今天海水就变得如此的乌黑？我哭累了，感觉阳光已不再毒了，就躺在地上，昏昏地睡去。

周围没有任何的声音，当我再次醒来时，我感到了无奈和孤独。我没有了父母，成了一只孤独的北极熊。虽然我平时也是独来独往，但总是能遇到我的兄弟姐妹们。即便很久没见面，我们总是能够互相打打招呼，互相问候一下，这样内心也会充满一种浓浓的亲情，就会自信百倍地闯荡江湖。可如今亲人都找不到了，我变得越来越没有信心了，感到心慢慢地变冷了，胆子也似乎变得越来越小了。

现在，我的亲人杳无音信，就如一下子从人间蒸发了似的。我想，他们是不是到了一个很远的地方去了？为什么走也不打声招呼呢？是不是我社会关系处理得不好，他们全都讨厌我呢？可是若是这样，他们平时也会流露出不满的情绪，但我从未看到他们流露过那样的情绪。既然没有，也就说明我的表现还是让他们满意的。可为何半个月不见，他们都悄无声息地走了？

饥饿再次袭击了我，我只得动一动身子，准备去找找食物，现在已是饥不择食了，随便找点什么都好。我跳下乌黑的大海，沉下海底，在海底找来找去，但只有几条黑色的小虾在海底招摇，没有我喜欢的海豹，我只好将就着去捕捉这些小虾，但我还是抓不到他们。我失望极了！

我只好又慢慢地浮出海面。我抬头望着天空，只觉得眼前直冒金星。天上飞过几只黑色的海鸥，他们在空中哀叹了几声，在我的头顶上盘旋了几圈，向我俯冲下来，见到我在动，又吱的一声飞起来。看来，他们是要把我当成食品来充饥，但又失望了，因为我还活着。

我要去找海豹，我必须活着，因为我要找到我的爸爸和妈妈。

我摆动无力的四脚，在黑色的大海中游着，又来到了一个岛屿，我艰难地爬上岸。

在我面前，依然是一个光秃秃的小岛屿，没有任何的生气。我失望地躺在地上，我只有通过这样的形式来保存自己的体力了。我闭上了眼睛，又昏昏沉沉地睡着了。

我看到了妈妈，妈妈向我发出了一声问候，我兴奋地跑过去。她在前面跑，我在后面追，但是我怎么跑也撵不上她，她像是会飞似的。

后来，我掉进了大海中，怎么游也游不上岸，我只觉得乏力，迈不开步。

我哭了，醒了过来，原来是南柯一梦。我多么想自己做的是黄粱美梦，即使醒来没吃到东西，也能做梦止饿，但是现在，等待我的却是更加的饥饿，饿得我肚子痛起来，满身冷汗直流。

为了活命，我想起了朋友爱北极，他是爱斯基摩人，不知他现在过得怎么样？只能去投奔他了，这样才能活命。他是我现在唯一的希望。说起爱北极，我脑子里不由得浮现出那年我救他的情景。那年冬天，北极已是封冻好久了。我跟着妈妈出外觅食，走到一个冰山下，发现旁边有一个雪橇，雪橇前边有个冰窟窿，两根绳子伸到了窟窿里。

我对妈妈说：妈妈，里边可能有人，我们一起把绳子拉上来吧。

妈妈赞许地说：好，孩子。

我和妈妈各自用嘴咬着一根绳子，我们用力把绳子拽上来，有一个人和两只狗被我们拉了上来。狗已经没气了，人却还会动弹，我就和妈妈用我们的舌舔这个人的脸。

妈妈说：孩子，去弄一只海豹来，把血给他喝了，他就会醒过来的。

我就飞速地搞到一只海豹，撕断海豹的喉咙，把血滴进了这个人的嘴。过了很久，爱北极才醒了过来，当他睁开眼睛的时候，他看到了我们母女，惊得直后退。

看到他醒了过来，妈妈高兴地甩甩头，看着他笑了。

爱北极擦了擦自己的嘴，看着满手的血，又看了看我嘴上的海豹，他明白了过来，知道是我们母女救了他。

他当即跪了下去，对着我们磕起头来。他说：我叫爱北极，谢谢你们救了我的命。掉下窟窿的时候，我想我没命了，就紧紧地抓住绳子，等待那几乎不可能有的求援。没想到老天有眼，让你们来救我。你们是我的救世主，我永生也报答不完你们的恩情。

妈妈点了点头，走过去，用她的脚拍了拍爱北极的身子，然后把他抱到雪橇上。妈妈说：孩子，把他拉回去吧。

我和妈妈一人一边，把爱北极拉到爱斯基摩人的驻地。我们受到了热情的礼待，他们给我们挂上了花环，给我们每人两只海豹作为奖赏。我们很高兴，当场就吃了起来。

想到这里，我就有点儿流口水了。我想爱北极一定会救我的，我必须去找他。

于是我就慢慢地从一个岛屿游到另一个岛屿，向着爱北极的驻地前进。

当我凭着敏锐的嗅觉找到爱北极的驻地时，失望之情油然而生。爱北极的驻地已是一片乌黑的大海，只有一个孤零零的小岛屿露在水面上。爱北极和他的族人也都不见了，不知他们是什么时候走的。他们为什么不通知我？是不是找不到我，还是因为走得匆忙而无暇找我？

我坐在地上，引颈号啕大哭。

但我的声音很孤独，没有谁能听到我的号哭声。声音在呼呼的风中旋转着，呈螺旋状升入高空，苍白、无力，与风共鸣，只有一阵阵的嗡嗡声。

我哭累了，只好趴在地上闭上眼睛休息。我想要是能这样一直睡过去该多好，我就能找到我的亲人，和他们在一起，永远不再孤单，不再寂寞，不再饥饿。

风怪叫着在周围骚扰着我，我无法安心地睡，也不能找到一个地方好好地过冬了。这个冬天，无法像往常一样睡个长长的觉，然后精神饱满地去找海豹。因为没有冰山，我无法挖个冰洞，安全地藏进去，闭上眼，舒服地伸开四肢，无忧无虑地睡上几个月。

饥饿折磨着我，这是我有生以来第一次如此强烈地感受到，原来它是如此的可怕，如此的让人不安。

呼呼的北极风比过去任何一个年份都来得让人害怕，好像要把整个北极给吃了一样。我如此笨重的身躯走路都在摇摆，更不用说是海豹他们了，是不是海豹都被风给卷走了，都被风卷到海里去了？可是我找了七八天了，却没能在海底偶遇他们。他们像是一下子从北极蒸发了，我真的是想不通啊。

北极原来是个生命力极强的地方，到处都有各种各样的动物和海洋生物，但是现在一下子都消失了，速度快过想象力，比那火箭升空还来得快，真的是让人不可思议啊！

我不能在这里等死了，我要起来，我要去找我的未来。

我站起来，迈着碎步，跳进海里，寻找陆地，寻找有生命的地方。

我又找到一个小岛屿。我爬上去，岛上依然是毫无生气，一片黑乎乎的土地让我感到害怕，感到绝望。

那边有一只动物，把船开过去。

我听到一个声音从风中传过来。

我抬眼一看，原来是一艘船，我似乎看到了希望。我抬起自己的前脚，向他们招手。我兴奋地等待着，看来我是有救了，有希望找到我的朋友们，我的爸爸妈妈了。

船向我慢慢地靠过来。

船上有声音传来：那是一只黑北极熊，珍稀动物，怎么北极熊变成黑的了？这世界真是怪。加速，靠过去，抓住它！这下发财了！

抓住它，发财了。这句话让我感到惊慌。

原来他们是来抓我的，不是来救我的。那我就只能逃。

想到这儿，扑通一声，我跳进海里，拼命地向远方游去。

开动所有的马达，追过去，绝不能让这只变种的黑熊跑了！

我变种？我不由得想大骂：是你们把海水变黑了，使我美丽的白毛变成了黑色。我可不想变种。世界上没有谁能统治北极上亿年，只有我们北极熊做到了。我们是北极的王者。

可是我这王者却成了逃兵了。我想到这里，不由得苦笑了一下。仿佛有什么神力一下子来到了我的身上，我轻松地在海里游起来，船被我抛在后面。

我正得意时，前面又来了一艘大轮船。

我暗暗苦叫：完了，我逃不了。

我长长吸了一口气，沉入海底。我在海底慢慢地向前游着。

我想这一下能逃过劫难了。

正得意间，我发现海水里一片亮光，一个个如手电般的东西分布在我的周围，声音从上方传来：探测仪找到了那只黑色的北极熊了，它在海底，一起包抄过来吧。

我叫苦不迭：完了，怎么办？浮上去，找个地方逃生。

我浮上海面，看到两只船灯火通明，气势汹汹地向我围了过来。我长长地吸了一口气，又沉下海底，拼命地向海底游去，希望能在海底找到一个藏身的地方，避开这一劫。

当我到达海底时，看到了一大堆礁石，在礁石中又找到一个大洞，我钻了进去。

还好，我的周围再也没有亮光了。

我为自己的聪明感到侥幸。

但是正在我得意之时，我感到胸闷，气短。我知道必须浮出水面换气了，因为在海底，我无法保持长时间不换气。

我只好慢慢地浮上水面，在心里暗暗祈祷，但愿我能平安无事。

还好，周围一片漆黑，我庆幸地知道，那些抓我的人走了，他们的现代捕捉工具也奈何不了我。人无非也就如此，笨得比笨熊还笨。

我高兴地笑了，舒服地浮在水面换气。

我得意地浮在水面上休息，一放松就感到四肢乏力，一阵饥饿袭来，我眼冒金星。

忽然，我的周围一片灯亮，一张大网从天而降。我还没反应过来，就被网严严实实地罩住了。我挣扎，用尽四肢的力气挣扎，用我锋利的牙撕咬网。但一切努力都是白费，我被快速地拖上了船。

立即，许多人围了过来。我反抗，大声号叫：你们放了我，你们凭什么抓我？我没有做错什么！

可是围在我周围的人只是笑：这只黑熊真是大，这可能是我们在北极捉到的最后一只变种北极黑熊了。

我反抗道：我没有变种，我是正宗的北极熊，我的毛色是白的，只是因为海水是黑的，所以我的毛色才变成黑的。

但是没有人理睬我。

这些捉我的人很是兴奋。他们在议论着：有了这只熊，我们可向世界动物保护基金会要两个亿人民币的赏金了。

我号叫：我会让你们失望的，你们放了我。你们给我自由！你们给我权利！

但一切都无济于事。

突然，我身上仿佛被针刺了一下，就什么也不知道了。

当我醒来时，已被关在铁笼里。

有个人见我站起来，高兴地对我说：我就知道你这只熊的生命力特别强，你是死不了的。

我号叫：你们放了我，给我自由！我要找我的爸爸妈妈，我的朋友，我的亲人们！

但那人不理睬我，只是自顾自地拿起电话和别人通话。

他说：我是动物协会，北极熊醒过来了，送些东西过来让它吃。

他们叫我北极熊，难道他们知道我的真实身份了吗？

我不相信地看了那人一眼，没看到他在说谎。

我低下头看了一下自己的身子，我的毛变白了。

我失望地哭了起来：这下子完了。

我大声地嚎着。

那人笑着说：我知道你饿了，等会儿就来食物了。你们的同类已经死光了，还好我们发现了你。你是一只生命力特别强的北极熊，我们要好好地研究你，不能让你绝种了。不然，我们人类就太孤独了。

我听了他的话，停住了号叫。

我的眼泪流了下来。原来我的朋友们，我的兄弟姐妹们，我的父母，都因为抵抗不了环境对他们的毒害，先我离开了这个可恶的世界，离开了这些可恶的人类，坐上诺亚方舟，去找上帝申冤去了。

他们竟然孤零零地留下我一个人生活在这可恶的世界里，没有海豹，没有亲情，没有快乐，没有幸福。我也不想一个人待在这里了，在这里已经是没有任何意义了。

我要去找他们。

我做了我今生最伟大的一个决定。我想，我要让人类也尝尝孤独、没有亲情、没有幸福的味道。我躺了下去。我知道我这一躺，将是永远再也不能站起来了，但是我无怨无悔。

看护我的人把食物拿来了，那是新鲜海豹的味道。鲜味强烈地刺激着我的感官，但我只是用鼻子闻了一下，我已对新鲜海豹没有兴趣了。

我在北极顽强地活着，是为了找到我的兄弟姐妹们，我的朋友们，我的父母。是这意念让我活到现在，让我与恶劣的环境，与饥饿抗争到现在。

现在好了，我已经无须和什么人抗争了，唯一要做的一件事就是静静地死去，让人类去享受当孤家寡人的痛苦吧。

看护我的人在我的身边不断地说着安慰我的话，我一度被他感动得流下了泪。

他笑着打电话向主子汇报说：北极熊流泪了，可能有救了，但它还是不吃饭。

我冷笑了一声，内心很痛苦。是啊，我是有生的欲望。但是你们给我这样恶劣的环境，让我怎么能够活下去呢？活下去又有什么乐趣呢？海豹没了，我吃什么也都没有趣味了。

我进入了弥留之际，老是做梦，梦见我的兄弟姐妹们，梦见我的父母。我们见面总是抱头痛哭，然后他们不舍地和我道别，告诉我他们在天堂等我，我笑着对他们说，你们别走，等我一起上天堂。

我醒来，微微睁开眼睛，瞄到来了一大批人，在我身上折腾了很久很久。

有个女人叹道：很可惜，要是还在北极，可能它还能活。

一个男的说：太可惜了，把它的基因提取一些出来，重新培育新品种吧。之后，送世界动物标本馆吧！

那批人在我的身后留下了惋惜之情，一个个叹着气离开了。

我笑了，我知道我该和大熊猫、东北虎、华南虎们在一起了，也不会孤独了。他们已在标本馆里风光了许久了，这下该轮到我了……

义盗吴平

明末，在广东省南澳岛附近的小担岛，有一伙以吴平为首的海盗专门抢劫过往官船，闹得远近官府官员坐立不安。几次追剿，皆无从找到他的踪影。

一年一度的上贡就要开始，此次上贡量大，走水路上京比走陆路更省事。两广总督为了这事，专门召开了好几次会议商讨这一个问题。最后决定派两艘战船押送贡品上京。

农历五月初三，东南风起。运送贡品上京的贡船从广州出发，两只战船一前一后护送着贡船，扬帆北上。战船共有兵丁500人，大炮四门。

这消息被吴平的细作探知，飞报给吴平，吴平和手下三个首脑商议如何来劫这批官贡，大家商量了半天，还是没个方案出来。军师告诉吴平，像如此大规模的官贡还是不要劫，以免引来官府的围剿。吴平说不劫就没有钱粮维持军队的正常生活了，军队若要继续保存，只有冒死一搏了。他想了想说，我看就来个智取吧。大家问要怎么个智取法。吴平如此这般地低语了几句，大家马上同意他的做法。

四天后，细作探知，官船已到汕头。吴平的义军一千多人，全部伴着渔夫，出海到南澳湾劫贡。

吴平的军队在南澳湾成网形在湾的两边撒网捕鱼。近晌午，三艘官船扬帆而来，两艘兵船一前一后，中间夹着贡船，贡船吃水很深，显然船上的货物很重。

三艘船越来越近了，按照原定计划，吴平下令四条渔船上的四五十个人一起下海，这些人口含麦管，手拿斧头潜下水去。他们向官船的方向游去。

大约过了一炷香的工夫。两艘兵船上的士兵大喊：“船沉了，快逃命吧！”

于是就听到了扑通扑通的下水声。这些下水的士兵向渔船游过去。渔船向兵船靠拢。他们解救落水的士兵，上了船的士兵都被吴平的军士们用绳索绑了起来。

接着30多条渔船围住了贡船，贡船上的人还没反应过来，就都成了吴平的俘虏。两个押运官顽抗到底，就成了海里大鱼的美餐了。

此次劫贡不伤一兵一卒凯旋，共劫得金银财宝200多万两。吴平大为高兴，杀猪宰羊犒赏战士。每个战士发饷银100两，每个贫困的村民发银5两，很多村民就把自己的儿子送到吴平的军中。这样花去了50多万两。剩下的银子怎么办呢。吴平想留下来当军队的军饷和开支。那怎么保管呢，要是官府来搜怎么办呢。

吴平想了一宿，最后想到了在大担岛屿上妈祖庙，他决定把剩余的财物藏在庙中，派妹妹去看守。他通过实地勘察，发现在庙后有一个非常理想的天然藏宝之处。这里连庙祝都不知道，于是他就和妹妹偷偷地进行实地勘察。

勘察后，金银财宝就被运进了妈祖庙，一共有56瓮。财物运来后，吴平就派妹妹吴秀和两个女军士、四个武艺颇深的男军士到此看守。钱财藏于何处，只有吴秀一个人知道，因为财宝进了庙中后，再由吴秀一人负责储藏。

事情平静了三个月后，果然如吴平所料，朝廷派时任平倭将军的戚继光前往追剿。戚继光带着3万部队剩着60艘的战船浩浩荡荡地开到了汕头港。

戚家军到达汕头后，戚继光就到处张贴剿匪告示，要各位村民自动举报。

吴平知道这一件事，召集部下商量对策。吴平告诉大家说，戚继光是个值得敬重的将军，显然我们不能和他对抗。部下们问那怎么办，吴平说出了自己的看法，先修书一封，表明心迹，再看反应，最后做决断。大家赞同他的意见。

吴平就请军师修书一封，把自己的想法说给他写。书修完后，就让一个士兵送到戚继光军营之中。

戚继光收到吴平的来信，知道他下海为匪是为生活所迫，也就非常的同情他。就回信要让其来降，保他不死。

吴平收到戚继光的来信，就召集部下商量怎么办，大家一看是让降，都说，不战而降，那不是灭自己的威风，长别人的志气吗，再说还没战也不知戚家军是不是会战。所以大家都不同意就降，要吴平与戚家军一战再做定夺。吴平告诉大家，他这样做完全是为了大家，他不想大家跟他一起受苦。

部下们都说我们愿与大王同甘共苦，大王就不要再犹豫了。

吴平就说："那好，我们就与戚家军打一仗，如这一仗打输了，大家各领 30 两银子，各自归隐为渔民，从此不要再为匪了。"部下们皆赞同吴平的决定。

四日后，戚继光收到了吴平的书信。

戚继光知道吴平不死心。就定于次日全军出动，找吴平的军队作战。当戚继光的战船开到南澳岛附近时，碰到 30 多条渔船分散于战船两边。戚继光已下令禁海，他一看到这些渔船，就知道是吴平的军队。吴平与上次劫贡一样，下令潜水队下潜。十条渔船上的士兵全都下海了向着戚继光的战船游去。

戚继光一见，不由微笑着让部下挥了一下旗帜。马上有几十张网撒下了大海。一会儿，戚兵就全部网住了吴平的潜水队。潜水队全部成了俘虏。

吴平下令开炮，并下令所有的船只向戚继光的军队迅速靠近。

戚继光下令所有兵船也开炮，一时间双方船队炮火冲天。吴平的火力明显处于劣势。很多渔船被炮火击沉。

吴平听到了不断的惨叫声。他忙让部下挥旗退军。

一时间，所有的渔船都掉头逃走。

戚继光这次出兵大获全胜。吴平共损失兵船13条。

吴平回到小担岛屿军营，马上召集全军，按照预定的计划发放安家费，让大家散伙。吴平大声说：“为了兄弟姐妹们的生命，为了大家的父母，我吴平不能误了你们，我们本是为了生存才集结在一起的，现在同样为了生存，我要大家都散了，各自谋生去吧。这30两银子够大家花上几年了。”

部下们都不动，没人想走，吴平被感动了。他跪了下去求大家，他说：“兄弟们如此厚爱我吴平，我不能对不起大家，如果我们再与戚家军对抗下去，我们只有全军覆没。我不想看着你们做无谓的牺牲，这样我对不起自己的良心，大家走吧。”

全军大声喊：“吴王保重。”

吴平从地上站起来，转过身走出了营帐，坐上一只渔船出海去了。士兵们从吴秀那里慢慢地领上30两银子，化装成百姓散去了。

第二天，戚继光的战船围住了小担岛吴平的军营，但是当他们冲进营帐时，却发现原来是一座空营，吴军已不知去向了。吴军大门贴着一张告示：我吴平所有军士即日起全部归隐山林，做个忠实的百姓，为百姓牟利，为百姓打抱不平，不可做对不起百姓的事。请戚将军不要为难他们，若是将军要吴平的人头领赏，吴平将没有怨言。

戚继光看到这告示，不由得被吴平的宽大胸怀折服。但是没抓到吴平就无法跟朝廷交差，他就到处再张贴告示，悬赏捉拿吴平。

且说吴平坐上渔船出船去了大担岛，他打算在大担岛屿稍避风头，再做打算。

他到了大担，跟妹妹商量了一整夜，决定自己的去向。他要妹妹和他一起南下到海南岛，避避风头。她妹妹不想离开。

吴平也只好只暂且住下。

且说自从戚继光贴出告示要捉拿吴平后，就有三个自称是吴平的人来到军营中投案，戚继光被搞蒙了，因为虽然两军对抗，他并没见到吴平，也就不清楚这三个人是不是吴平了。

戚继光问起吴平的身世，三人回答得一模一样，问起贡银藏在何处，三个吴平都笑着告诉他，他不知道什么贡银，只知道那是百姓的血汗钱，而那些血汗钱早已发还给穷困的老百姓了。

戚继光见问不出什么，就不信这三人中会有吴平，只得把吴平关起来。

第二天，戚继光又贴出告示，说是吴平已投案自首，决定于三月初八游街示众，希望百姓们举证他的罪行。

三月初八，三个吴平被如期地拉上了街头游街，街上挤满了从四里八乡来的百姓。三个吴平都插着牌写着吴平。不认识吴平的百姓都蒙了，认识吴平的百姓都高兴地拍手称快，因为他们知道当中没有吴平，他们为吴平没有被抓而高兴。

游街完毕，戚继光从派出去的暗探那里知道了三个人中没有吴平，就把这三个假吴平关起来，并放出声去，若是真吴平不来投案，这三个假吴平将被处斩。

吴平知道这消息后，很是着急，他不想兄弟朋友们为他做无谓的牺牲，虽然他有恩于他们，但又急于想不到办法解救他们。

想不到别的方法，吴平只好和妹妹告别，只身前往汕头投案，妹妹劝他不要去，不要管这事，他们不是吴平，关久了自然会被放出来，若是他现在去，刚好是中了戚继光的奸计。

吴平告诉妹妹，他不是贪生怕死之人，一人做事一人当，决不能连累其他人。

于是吴平只身前往汕头，他见到戚继光，要他放走三个假吴平，说他是真吴平。戚继光感到很可笑，怎么又来一个假吴平。

吴平告诉他，他是真的，他不想自己做事，别人为他受罪。

戚继光就问他，凭什么说他是真的吴平，吴平说他有吴军的令旗和大印。吴平说完就拿出了吴军的令旗和大印。

戚继光信了，让人把吴平给绑了，然后放走了三个假吴平。吴平握着三个朋友的手，道不尽感谢之情：我吴平今天有你们三人要为我而死，我今生死了也知足了。

戚继光要吴平说出贡银藏在何处。吴平说贡银已全部发放给士兵和穷困的百姓了。戚继光感到不可思议。

经过几次的审讯，吴平都没有改口，加刑吴平也如此说。

戚继光就如实向朝廷上报。朝廷下旨就地处斩，戚继光力保他是个忠勇之士，可用于抗倭，朝廷不听，下令秋后处斩。

处斩这一天，问斩校场聚集了从四面八方来的乡民，他们都是来为吴平送行的。戚继光一出现在校场，周围的百姓全部下跪，要戚继光放了吴平。戚继光看了感动得流下了眼泪。他对着百姓说：我戚某也佩服吴平的为人，但皇命不可违，请大家都起来吧。

吴平也大声说：乡亲们，我吴平这一生谢不完你们的恩情，我吴平走得值，我走了，能让乡亲们过太平日子，我吴平没有怨言。

戚继光给吴平敬了一杯酒，戚继光说：吴壮士真乃真汉子。

吴平一口气干了那碗酒上路了。

吴平被杀，百姓们长跪不起。

吴平被杀后，有人举报在大担岛有吴平的余党，贡银就藏在那里。

戚继光派兵前往围剿。吴秀被捉。

戚继光要她说出贡银之所在。吴秀的说法与吴平一模一样。

戚继光派人搜遍了岛屿的各个可能藏宝的地方，但皆未找到贡银，戚继光就相信了吴平的话。

吴秀被流放琼州岛屿，病死在岛上，在南澳岛屿的百姓之中就流传着找宝偈语：水涨淹不着，水退淹三尺。给后人留下一个千年的不解之谜。

高考纪事

兴兴和平平是同桌。两人都是高二理科班的学生，高中的学习很累，一学期要学十门的功课，稍有不认真，就经常考不及格。

兴兴和平平为了能让自己的成绩考得好一点，都想走邪路，通过偷看来提高自己的成绩，而没想到通过认真学习。

他们俩就各自为阵，先是每次考试都看前后桌，或是翻书，但是这样的收获并不大，往往是书还没翻开，就成了老师的瓮中之鳖。看前后桌也是存在着运气的问题，如果运气好，前后桌坐的都是学习成绩好的学生，那么收获就很大，考出来的成绩也能在年级排名靠前，若是成绩差的，那么他们的成绩也就在年级倒数有名了。

兴兴和平平为此感到苦恼，期中考又到了，这次若是运气不好，那么爸妈就要取消他们各自的零花钱。两人就商量着怎么办。最后想出的办法是利用上厕所的时间进行作弊，他们就一起联络了一个学习在年级前 10 名的同学，许诺考完试给他 40 元，只要他在每科考试结束前 30 分钟利用上厕所的时间给他们提供答案。这个同学爽快地应了下来。

期中考一到，他们就利用上厕所的时间到厕所里接头，得到了试卷的答案，然后神不知鬼不觉地把答案抄在自己的试卷上。

考试结束，不久成绩出来了，他们俩人的成绩有了可喜的进步，挤进了年级前 120 名。两人不由得弹冠相庆。正当他们处在高兴之巅的时候，老师找到他们，逐个进行谈话，表扬他们的进步，并希望他们能够再接再厉。他们从年级办公室出来，都捂着嘴在偷偷地笑老师是大头菜，连他们的这点小伎俩都没看破。

他们把成绩反馈给父母，父母也对他们进行表扬。为了奖励他们的进步，父母就多给了他们20元的零花钱，鼓励他们继续努力。他们的内心都乐得开了花了。

期中考过后两个星期，年级召开学习优胜表扬会，兴兴和平平被当作学习进步奖进行表彰，年级组长对他们的进步进行充分的肯定，把他们当作典范要同学们学习他们刻苦攻关的精神。羞得他们两人低着头不敢看别人。

表彰会结束后，兴兴和平平进行一次长达两个小时的海聊，聊的是要不要结束作弊的生涯。兴兴表示他从此后再不干这种羞死人的事，平平说他要好好地考虑考虑。

一个月后年级又到了月考时间，在考试中，兴兴老实地做自己的试题，当平平又心猿意马地想作弊时，兴兴用脚踢提醒平平不要作弊，但平平不理睬他，到了考试结束前半个小时，平平又上厕所去搞答案，但他一去再也没回来，考试一结束，兴兴才知道平平在厕所里被校长捉了个现场，兴兴庆幸自己的决定。

平平沮丧地回到宿舍，兴兴安慰他，要他从此后不要再作弊了。平平一句话也没说，倒在床上蒙头大睡。月考一结束，平平被处警告处分，平平为此骂了两天的娘。兴兴就请他吃饭，劝他从此以后改邪归正，平平答应了下来。从此，他们俩人就认真地学习。

不久，期末考到了，平平心中有种恐惧，因为他虽然很认真，但感觉自己的基础很差，期末考要是考砸了，他的父亲会打死他的，到了考试那天，第一科考下来，平平就感到非常的差，跟同学对一下答案，全不一样，他就害怕了，忙想办法，有个同学就要他用手机作弊，他觉得这是好办法，就向同学借了两部可发短信的小灵通，于是第二考考试，平平轻松上阵，轻松拿下了第二科的考试，胜利地直到结束。最后的成绩出来，他的排名在兴兴之前，排名又挤进年级前120名，平平为此感到很高兴。兴兴不知实情，也高兴地向平平表示祝贺。

高三了，兴兴向平平取经，他说我们一样的认真，却没有办法学得比他好，要平平说说他的学习秘方，平平说他没有什么秘方，可能是记忆比兴兴好，看过一遍就记住了，所以会得更多。兴兴一想也有道理，他就暗下决心，他相信熟能生巧，只要自己能多看几遍，相信会过关的。

高三第一次月考，兴兴的成绩仅次在平平之后，平平排名122，兴兴排名第123。兴兴就要平平认真一点，他差一点就要被自己追上了。平平就向兴兴表示祝贺。

没想到一个星期后，班主任就找兴兴谈话了，班主任要兴兴读书认真点，不要通过投机取巧获得成绩，应该诚实，不要弄虚作假。兴兴感到丈二和尚摸不着头脑。他不解地请教老师，他做错了什么，老师说我这不是说得很明白了吗。

兴兴笑着告诉老师，他考试都是凭自己的真才实学，并未有半点的虚假，老师何出此言。

老师怀疑地看了他一眼，问他这话是真的吗。兴兴急得声音大了起来，他发誓，若是他的成绩有假，他愿受一切的惩罚。班主任才相信他的话，要他认真学习，争取考出更好的成绩。

兴兴从老师那出来，心里就怀疑是不是有同学向老师诬告自己考试偷看，那会是谁呢?

兴兴向平平说起此事，平平说可能是老师看他进步那么快，怀疑他成绩不实。

兴兴觉得平平说得在理，就不把这事挂在心上，更加认真地学习。

期中考成绩下来，兴兴超过了平平，平平依然在122名，而兴兴却进入年级前100名。兴兴很兴奋，他笑着要平平赶上来，不然就会落后。平平心里有点不服，但还是笑着说他会的，他一定加倍努力，争取超过他。

成绩一下来，年级又召开表彰会，兴兴得到了表彰，年级组长要大家向兴兴学习，兴兴一听到这话，脸不由得红起来，他感到从未有过的骄傲。

可是好事还没过三天，年级组长就找他谈话，问他自己的学习成绩是不是真实，要他做人要诚实，不能弄虚作假。兴兴真急了，他告诉年级组长，要他把告他的人叫来当面对质，他绝不会去做那种亏心事。年级组长就笑着说，没有最好，你好好读书，争取考上二本，兴兴说，我的志愿是上重点大学，上二本我不读。年级组长拍了拍兴兴的肩膀，说年轻人有这样的志向，很好，老师一定当好他的后勤部长。

兴兴向平平诉苦，平平安慰他，你的进步当然会有人嫉妒，有人告状是正常的，只要你问心无愧就行了，高三了，不要去管别人怎么说你，走自己的路，让别人说去吧。平平的安慰让兴兴平静了下来。兴兴更加投入地学习。他为了实现自己的理想，忘了休息日。没日没夜地拼命学。他的父母见兴兴如此用功，很是高兴，但又担心兴兴撑不住，就不时地给他加营养，他的父亲提醒他说，儿子，读书用功是好，但要注意自己的身体。

兴兴笑了笑，他要自己的父母放心，他不会让自己跨了。

高三下学期，年级开始了高考倒计时，兴兴合理安排了自己的学习时间，也开始了高考前最后的冲刺，第一次省质检考试，兴兴的成绩猛升至年级前 20 名，远远地把平平抛在后面，而平平还是一动也不动地在 122 名左右徘徊。

为了激发学生的学习积极性，年级举行了百日誓师大会，并对第一次省质检进行表彰。

年级组长大大地表扬了兴兴。希望年级所有同学发扬兴兴的学习精神，并让兴兴进行发言。年级的同学大声地鼓掌，为兴兴加油。

百日誓师后，兴兴更投入地学习了，但是又有人向年级组长告密兴兴考试作弊，年级组长这次并没有找兴兴谈天，他担心若是再找兴兴谈天，会挫伤兴兴的学习积极性，他相信兴兴。

100 天很快就过去了，兴兴和平平一起击掌走进了考场，两天的考试快得让人还没适应过来就画上了句号了。

兴兴和平平一下子放松了下来，这时的兴兴看到平平情绪很是消沉，兴兴就问他怎么回事，平平告诉他自己考得不好，可能与大学无缘。兴兴就安慰他，说我们都很认真，你又排在年级 200 名内，应该没什么问题，至少考个二本。平平苦笑了一下，没有回答。

高考成绩在考生的焦急等待下终于出来了。兴兴的成绩在年级排名第三，考了理工类全县第五名。成绩一出来，年级组长和班主任都打电话来祝贺。兴兴问平平的成绩，班主任告诉他，平平只考了 220 分，可能连专科线都上不了。兴兴听到这消息，不由得愣住了。他告诉班主任，平平平时读书和自己一样认真，怎么会考那么差，是不是试卷弄错了呢，要班主任帮平平复查一下试卷。

高考线划下来了，兴兴上了一本线，平平专科线没上。

兴兴打电话给平平，但平平的父母告诉他平平去了外地的姨姨家，兴兴很失落，他本想安慰一下平平，让他明年继续补习。

高考录取通知书到了，兴兴被清华大学录取了。兴兴兴奋地拨通了平平的电话，他要第一时间把自己的快乐告诉自己的好朋友，但语音提示，您的电话无人应答，请稍后再拨，好几次都是这样。兴兴只好拨通了年级组长和班主任的电话，把好消息告诉他们，他们都高兴地告诉他，他是学校建校四十年来的第一个清华大学生。兴兴乐得跳了起来。

兴兴一直要见平平一面，但直到他去清华读大学，他都没能见到平平，平平的父母告诉他，平平心情很不好，他什么人也不见，去了外地的姨姨家。

兴兴就把自己写好的一封信交给平平的父亲，要他转交给平平。

兴兴去了清华上学，第二星期，他收到了平平的一封信，他激动地打开信，信的主要内容是：兴兴，我不该瞒着你继续考试作弊，每次面对你那真诚的目光，我都感到羞愧，但我无法战胜自己，因为我的父母比我更需要我学习好的消息，所以我只能这样一直欺骗自己欺骗老师欺骗父母欺骗你。当残酷的现实把我的梦敲碎的时候，我无法面对所有的人，我只有逃。

我更不应该怀疑和嫉妒你的学习成绩的进步，而多次向老师诬告你考试作弊。我不是你的亲密朋友，请你原谅我，请你忘了我。

兴兴看到这儿，不由得叹了一声，他看到文末平平留了个伊妹儿，立马到校园“温暖人间”网吧，他打开自己的伊妹儿邮箱，给平平回了一封信，他知道这时的平平最需要的是来自他的安慰和鼓励。

爱情没有错误码

一

工厂的流水线在不断地嗞嗞地叫着，工人们一个个低着头快速地工作着。七律沿着流水线走了一通，看到工人工作得很认真，她欣慰地微笑着，拿出手机，拨通了电话。她柔柔地说："老公，年内台资厂要在非洲再办一个工厂，要从总厂抽人员到非洲负责管理工作，月薪是800美元左右。你看我去合不合适？"

五绝笑说："你想去吗？"

"不想去干吗急着给你打手机。"七律撒娇地说。

五绝说："回家再说吧。"

七律有点不高兴地挂了电话。

七律确实很想去，一是丰厚的待遇让她心动，二是她想到非洲看看撒哈拉沙漠，亲身体验一下大沙漠美丽的风光，感受一下异国的风情。这一个梦想她打小就有的，上小学时，自然课老师生动的授课给她留下永久的梦想。

七律担心丈夫五绝不同意，于是就没精打采地坐在办公室里摆弄着手机。

为了征得五绝的同意，七律就采取温柔战术，周末亲自下厨，为丈夫准备了一顿丰盛的晚餐，吃饭时她不停地给丈夫夹菜，让五绝感到意外。

五绝笑说：“你今天表现有点反常，是不是有‘不良企图’。”

七律笑笑说：“吃饭时间不谈事，等会儿散步时再侃吧。”

女儿珍珍也笑逐颜开地说：“老妈今天肯定有事，我可从没看过她对老爸这么好过。”

五绝拿筷子的手停在半空，笑说：“看来珍珍也学会了察言观色了。”

七律嗔道：“坏丫头，不要跟着你爸起哄，不帮老妈，净帮你爸。”

珍珍得意地笑说：“老妈，谁让你表现异常呢！”

五绝笑说：“吃饭吧，不要斗嘴了。”

一家人就在轻音乐中很快乐很有诗意地吃完了晚餐。

饭后，一家三口手牵手到公园散步。七律一路都是笑声。珍珍更是高兴，她一手拉着爸爸的手，一手拉着妈妈的手，不停地蹦跳着。七律边跟珍珍玩边注意五绝的情绪变化，当她感到五绝很高兴时，她就抓紧时机对五绝说起出国打工的事。她一说完，五绝并没有立马当反对派，他沉默了一会儿，笑着问：“你受得了吗，会不会想家。”

七律撒娇地说：“不想家那肯定是假的，家里有这么帅的老公，我可能不想吗？但是想是可以克服的，如果不出去打工，我们要买一套商品房那就难呗。凭我们现在的低薪，即使等上20年也都无法实现，而20年后，我们可都变老了。”

一说起买房子，五绝不由得就矮了11分了，他是个小学教师，领的工资也只够养家糊口，更不用说买房了。

五绝叹了口气说：“我考虑的是你在外面受苦或想家的时候，无处得到安慰啊。”

七律看着五绝说：“不是还有网络吗，我们也来个网恋，赶赶时髦嘛！”七律很是开心地讲完这话，然后小跳着转了个圈。

五绝苦笑了一下，小声说：“网络全是虚拟的，没有什么时髦可赶的，你我需要时怎么赶时髦啊！你如果真的坚持要去，让我考虑两三天再给你回复吧。”

七律笑说：“这是我的一个梦想，你不是经常告诉我，人要有梦想吗，人没有梦想就如航行的船只没有航标灯吗？”

五绝笑着说：“那好吧，我好好考虑考虑夫人的伟大的行动吧。”

珍珍在旁边听了，哭叫着说：“妈妈不要离开我，我要妈妈，妈妈抱我。”

七律只好抱起珍珍说：“宝宝，妈妈不走，宝宝乖！”

夫妻俩散步回来后，七律就极温柔地和五绝温存了两个多小时，让五绝感到从未有过的爽快。

三天过去了，这三天，对于五绝来说犹如过了三年。每天晚上五绝总是翻来覆去睡不着。七律发现五绝吃不下饭睡不着觉，就劝他不要给自己苦受，如果真不同意她出国，她也就不强迫。

五绝笑着说：“我从来没有这么认真考虑过一件事，有点儿不习惯罢了。”

三天后，五绝答应让七律去非洲打工，七律兴高采烈地说：“老公，你真好，我可以圆到撒哈拉沙漠玩的梦想了，我可以看到真的沙漠了。”七律说完，给五绝一个响亮的吻。

五绝呆在那边。

七律兴奋地拿起手机拔通了厂里人事处的电话，激动地报了名。

一个月后，七律被批准到非洲当业务主管，月薪850美元，任期五年，期间可休探亲假一个月。七律很高兴，五绝也很开心。临行前，厂里给七律五天的假期，这五天，他们夫妻把它掰成五年来过，天天手牵手去散步，卿卿我我，甜甜蜜蜜。让路人也投过来羡慕的眼光。因为他们都知道，这一别，要想夫妻在一起，可能要等很长的时间，比牛郎和织女相会的日子还要长啊。

二

甜蜜的日子总是很容易过完，当他们还沉醉在爱意绵绵之中时，五天已经画上了句号了，第六天，五绝就送七律去机场了，夫妻俩在机场生离死别的那一幕真让人揪心啊！

五绝紧紧地抱住七律，深情地说："律，这一别不知何时再见，我真的舍不得你走。你走了就如我的心被人偷走了似的。"

七律听了不由泪也流了下来，她哽咽着说："我也是，我会想你们的，你要好好的照顾好自己，不要太担心我，照顾好我们的小宝宝。"

珍珍看到妈妈哭了，不由得也张大嘴哭了起来，七律抱住女儿亲了一下，哄着她说："宝宝不哭，妈妈会常回来看你的。"

珍珍哭着说："妈妈别走，妈妈别走……"

五绝拉过女儿，对七律说："走吧，时间快到了。"七律别过脸，挎起包走进了候机室。耳边小女儿的哭声追了过来。七律边走边捂着嘴哭个不停，她不敢回头，担心一回头，再也迈不动脚步。

珍珍挥着手哭着叫："妈妈，别走，妈妈，别走！"

五绝抱起女儿，擦着眼泪，看着七律走进了候机室。

飞机起飞了，五绝望着蓝天，任由男人的泪水流个不停。

五绝想：此后那些平常的日子，怕是要在李清照和李煜的词中度过吧。

五绝回到家，家里显得空荡荡的，仿佛一下子缺失了什么似的。

五绝无力地坐在沙发上，呆呆的。四个小时过去了，四个小时仿佛是四个世纪，五绝终于听到了手机铃声《网络情缘》响起，来电显示仿佛是外星球打来的电话，全是星号。五绝接起，七律的声音仿佛从水星传来一样，显得遥远而又亲切，七律说："我已下了飞机，安全抵达目的地了。"

五绝的心一下子落了下来，笑着说:“我们现在在不同的两个世界了，律，你要注意安全啊!”

七律笑着说:“我会的，你放心吧，珍珍还哭吗?”

五绝说:“刚停下来，正在她的房间玩呢。”

七律说:“那就不打扰她了，为难你了。”

五绝说:“好了，你刚下机累了，以后再说吧。”

七律笑说:“再见!”

电话里传来了嘟嘟的声音，五绝拿手机的手却还停在半空中。

当晚，五绝的女儿珍珍因为没有妈妈哄她睡觉哭闹了半宿，直到鸡叫三更才睡着，五绝第二天上班便没精打采的。

五绝内心不由得升起了一股自己做错一件事的后悔感，这感觉让他悔得肠子都青了。他知道想念的日子从此扎根，想念的时间在他们夫妻之间从此会变得漫长而缠绵。

分别的时候，谁都没想到从此后，他们的生活会发生那么多连丰富的想象力都想不到的故事。

五绝的情绪低落了好几天，活脱脱像一只刚刚被阉的公鸡。

同事们就笑话他老婆才走了几天，就阳萎了。

他只是笑笑说:“那是女儿想娘闹的。”

女同事们就同情这个既要当爹又要当娘的男人。有人跟他开玩笑:“要不要找个小的养在家里，反正现在老婆也没在家。”

五绝就骂人家不正经，专会出馊主意。同事们也就哈哈大笑，闭嘴不再开他的玩笑了。

三

七律到了非洲后，白天除了上班外，就是开始适应当地的生活习惯，由于时差的原因，她每天只有在当地时间晚上 11 点的时候给五绝打电话，因为这时在家里的五绝正好是中午时间，女儿也在，母女先说完话后，才轮到夫妻讲话，等到夫妻要讲话时，时间已过了半个多小时，他们也就经常互相问个好就完了。常常是思念的情感一被点燃，电话就已挂断。

随着时间的流逝，思念就如长了根的种子慢慢长成了大树，电话线成了这一家子情感交流的唯一桥梁。七律每天必做的功课除了上下班外就是给国内的父女打电话了。生活虽然单调却很充实，感觉很浪漫，因为万里之外有她牵挂的两个人每天总是准时地守在电话旁等着和她说话，其实等待也是一种美丽，一种浪漫，一种爱！

这样的日子在刚去的几个月里总是满怀激情的，七律只要郁闷时，和丈夫说说话，天南海北地聊一聊，也就心情舒畅了。但是，时间久了，似乎也没什么新鲜味道了，因为远水救不了近火，即使怎么说，说得怎么动情，也无法解决她内心强烈的渴望，每个月她都有好几天有一种渴望，她知道那是对爱的渴求，但没办法，她只好用毅力来控制，把所有的精力投入工作中，尽力不要去想。这样，七律慢慢地就有点习惯了。但是习惯的背后仍然还有一种暗火，一股强劲的暗火，似乎在某个地方熊熊地燃烧着，这股火让她狂躁不安，半夜，总有一只叫春的猫在她的心中叫着，把她从睡眠中叫醒，醒来，她就再也睡不着，在床上翻来覆去。白天，她坐不安，食无味，晚上睡觉时，她半夜就醒来，醒来就老想有个人抱抱她，给她温暖，给她爱，她就想起丈夫，可是那是在万里之外，是妄想。

漫长的打工日子从最初的激情中恢复到平淡无奇了，更多平淡的日子是孤独的，孤独的时候，她总想找个宽宽的肩膀靠一靠，可是看一看周围，谁能让她靠呢，除了远在天边的丈夫。于是她就把自己的这种情绪向五绝宣泄。

五绝长叹了一口气说：“都是我的错，要是我坚决不同意你去非洲那就没有这样的事了。”

七律见五绝自责，就笑着说：“其实我挺好的，只是孤独时想你和孩子而已。”两人有时说着说着谁也不想挂电话，只希望能听到对方的声音，以满足内心那经常叫春的猫的需要。

为了打发这无聊的双休日，七律和同事们周末就开始组织出外旅游。他们到非洲各大风景区去度假，以解孤独之情。

在同事中，只有七律和另一个是女的，其他全是男人，男人当中，除了一个非洲籍单身汉力力普外，其余的都被剥夺了单身的权利了。

在非洲，大家没了在家的那种拘束，都很舒展，都很放松。说说笑笑，无所顾忌。原来并不是很喜欢说话的七律在同事们笑声的感染下，也变得乐观会说了。他们经常去非洲大峡谷和撒哈拉沙漠，那里的风光可以说是绝了，每次到那里，七律都有一种忽入世外桃源的感觉，每次她都流连忘返。同事们也最喜欢来这，他们来到这，支起帐篷，白天玩到晚上，晚上点起篝火，继续疯玩，直到累了才去睡，每次他们都跟非洲的动物们在野外共处，度过了一个个刺激而惊险的夜晚。

一天，他们到撒哈拉沙漠玩，玩累了，大家都进帐篷睡觉了。到了半夜，七律突然感觉脸上有热热的气直冲向鼻子，她睁眼一看，一只黑乎乎的动物站在床边，她不由大叫救命，她的女同事醒来，用手电一照，是只大动物，也惊得大叫救命。

门外传来了男同事的脚步声，一个男子大声问：“怎么回事？”

七律惊得喊不出来，她的女同事大叫：“有只大动物在里面。”

男人们手拿手电和木棍跑进来，手电一照，原来是只大猩猩，非洲人力力普笑着安慰她们，然后几个人把黑猩猩逼出了帐篷。

黑猩猩走了，力力普返回帐篷，七律惊悚得直发抖，力力普走过去，拉着她的手，七律就势倚在他的胸前。力力普感觉到七律的身子还在发抖，就安慰她说：“黑猩猩一般不会伤人，不要害怕。”说完，力力普用他的大手抚着七律的头发，

七律镇静了下来，七律无力地说：“谢谢你们，我没事了。”

同事们才走出帐篷回去休息。

七律却无法入眠，她从力力普身上闻到了一股男人特有的味道。她想要是能静静地躺在力力普的胸前该多好啊……

从此，七律似乎对力力普这个年轻人有了一种特殊的依恋，那天七律靠在力力普的身上，感到一股强烈的男人味冲进了她的大脑，刺激着她的敏感器官，让她不想离开力力普的怀抱。七律强烈地感觉到她非常需要男人，需要男人的爱抚。

七律就特别留意力力普，留意力力普的一举一动。不时地和力力普说说话，哪里有力力普的影子，哪里就有七律的笑声。力力普也好像很喜欢跟这个比他小两岁的中国少妇交往。他们每个周末总是不由自主地走到一块，边玩边聊，一起进餐。七律从力力普身上看到了丈夫身上从未有过的激情和魅力。七律开始迷恋起力力普那壮硕的身体，七律的梦中就经常出现力力普那如黑熊一样的身影，梦见她在鲜花簇拥下躺在力力普的怀里，看着非洲沙漠那红得像红颜料一样的夕阳。

四

女人一旦对一个男子有了一种从未有过的新鲜体验，那么在她与这个男人之间就必定会有故事产生出来，注定就有感情会孕育出来。

七律自从对力力普有了新的体验之后，被她强制压抑在大脑深处的渴望就被激活起来。

从此周末郊游时，七律就黏上了力力普，力力普走到哪儿，她就跟屁虫一样跟到哪儿，就像是力力普的宠物。

一次，他们再去撒哈拉沙漠。当他们抵达时，已是黄昏，无边无际的金黄色沙漠可爱地向她笑着。七律第一次看到黄昏时的大沙漠，想象不出大沙漠竟然如此美丽，不由得大声欢叫起来，一下车就直往前面跑，同事们也都大叫着直往前奔。

力力普大声叫道："小心，不要迷路了。"

同事们经他一提醒，才冷静了下来，大家在沙漠的边缘支起了帐篷。然后就在边缘高兴地玩耍，享受着黄昏带来的美丽。

力力普和七律不由得又走到一块儿。七律抬头看着挂在沙漠边缘的夕阳，激动地表达着自己对沙漠美丽的赞美。力力普也很兴奋，因为他也从未在黄昏看过沙漠美丽的一面。两人说着说着，七律情不自禁地伸出手拉着力力普向沙漠深处奔去。

跑了一小段，力力普笑说："不要跑远，小心迷路了。"

两人的鞋子都灌进了沙，只好停下来，七律就势倒在沙上，力力普也坐在她的旁边。

七律用她那荡漾着情欲的目光盯着力力普。力力普看着倒在沙上的七律，七律那丰满的山峰不断地一上一下抖动着，像是两只可爱的小白兔一样在蹦跳着。力力普仿佛看到一尊东方女神一样，整个人怔住了，目光也无法从七律身上移开了，力力普被七律身上发出的美丽电波给黏住了，就如一只饿极了的非洲虎看到一只肥胖的山羊一样。

这时，七律又发射过来她的电波。力力普无法抑制住自己的激情。他像一只猛虎一样地压在七律的身上，两人在沙上浪漫地滚动着，一件件衣服在金黄色的夕阳下闪着爱的光辉，在欢呼着那美丽的动作。

夕阳下，远处传来了同事们的嬉笑声，但这声音却被七律欢乐的叫声给挡了回去，整个沙漠，唯有他们快乐的叫声……

七律感到从未有过的幸福，沙漠的上空传满了他们激情的叫喊声，就如一曲抒情的交响乐，一捧捧的沙在往上扬起，往上扬起，仿佛沙漠在喘气。

五

从撒哈拉沙漠回来，七律在力力普的建议下入住他的单身宿舍。

七律告诉力力普，自己是个已有家室的女人。

力力普拉着七律的手深情地说:“我并不在意，我只在意我们现在的感情。我是真心地爱你的。我的爱能容纳你有自己的丈夫和孩子。”

七律听力力普这么一说，泪流了下来，心也就放下了。从此她就没有顾忌地和力力普待在一起了。

为了适应与力力普的生活，七律把每天向家里打一次电话变成每三天打一次电话，五绝问起原因，她只告诉他是因为近来天天要加班。五绝也就无话可说了。

半年后，五绝打电话给七律，说是家里买了一部电脑，安了宽带，可以上网了，他也注册了一个 QQ，买了一个摄像头，可以进行可视聊天了。七律说等她买了电脑再说。

又半年过去了，七律在五绝和女儿的催促下，买了电脑，上了网，装了摄像头。夫妻俩终于可以在网上见面了。第一次见面，五绝就看着七律，字幕上打出，你好像老了不少，但更漂亮，精神更好。七律打出，老是因为思念，漂亮是因为距离，精神是因为见面。两人在网上 QQ 了半个多钟头。

这时，力力普回来了，七律就和五绝说累了，想早点休息就下线了。

有一次，七律正在和五绝 QQ，并且开着视频和话筒，这时力力普回来，一进门就大声嚷嚷:“亲爱的，我回来了。”

骇得七律立马把话筒关掉，但是五绝还是听到了，马上打来字幕：怎么有男人叫你亲爱的，是怎么一回事。七律故作镇静，打出字幕：那是我宿友的男朋友，我宿友是个未婚的女子。

五绝笑着打出：我以为你另有新欢了。

七律笑着打出：我对爱从不二心。

五绝打出：我也是如此。你的话筒怎么了。

七律打出：可能坏了，噪声太大，我关了，那就休息吧。

这次上网后，七律告诫力力普，以后要是她在上网，进门时一句话也不能说，更不能跑到她跟前来，以免引起不必要的麻烦。力力普答应了七律的请求。

七律和五绝的情感由电话线转移到QQ上面，先进的科技，缩小了夫妻俩的距离。但也更加重了七律的渴望。每次从网上下来，七律的欲望就更强烈，她与力力普的生活就显得更加的有激情。

圣诞节这天，当到处圣诞歌一片叮当时，七律发现自己怀孕了。她慌里慌张地告诉力力普：我有了咱们的结晶了，怎么办？

力力普听了后，激动得跳了起来，大声嚷嚷：我要当爸爸了，我要当爸爸了！太棒了，太棒了！

七律却慌了，拉着力力普说：这怎么行呢，我怎么能向我的丈夫交代呢，我要把他做掉。

力力普强烈反对，他语气强硬地说："那是我的儿子，不能流产，一定要生下来。"

一会儿，他又温柔地说了一大堆理由来说服七律。

七律听了力力普的话，觉得他说得在理，就同意了他的看法。准备为力力普生一个子女。

从此，七律就把所有的心思用在了为力力普孕育后代这一件大事上。

十月怀胎对于一个女人来说十分不易，在怀孕期间，女人要忍受妊娠反应给自己带来的一系列的痛苦，还要忍受妊娠给自己身体带来的巨大变化，身体由苗条变成臃肿。但这种变化是伟大的，因为她肚子里怀着一个新生的生命，母性被激发了出来，而且是充满希望的坚守，直到新生的生命呱呱坠地，真是太伟大了。

在怀孩子期间，七律不敢上网了，只是用电话和五绝通话，告诉五绝电脑被偷了，五绝也就信了。五绝安慰她，要她注意安全。

不久，七律终于在医院为力力普顺利地生下了一男一女两个孩子。力力普兴奋得直跳，医生护士们也纷纷向他表示祝贺。

三天后，力力普就把七律接回他的老家，让他的母亲照顾七律母子。并且告诉他的母亲这是她的儿媳妇，力力普的做法让七律很是尴尬。

孩子一天天地长大了，七律对五绝的情感似乎也在一天天地蜕化了。现在，七律一个星期没和五绝父女通电话，也不觉得无聊和孤独，因为有了力力普和自己的一对儿女。

时间过得很快，一晃五年过去了，其间七律因工厂生产忙，推掉了回国探亲的假期。七律和力力普的儿女已经三岁了，活泼可爱，惹人怜惜。

七律的工期静悄悄地到了。七律按规定必须回国。

七律说："力力普，我必须回国，孩子由你来带。"

力力普问她："你会不会回来。"

七律沉默了一会儿，说："也许会回来，时间可能是一年或两年。"

力力普坚定地说："那我们父子三人等你。"

七律的那一对混血儿女拉着她的手说："妈妈，不要走，不要离开我们，我们爱你。"

七律流下了泪，紧紧地抱住了自己的两个孩子。她处在两难之间，中国有她的丈夫和女儿，这里也有自己的一对骨肉，她无法选择，只是后悔当初自己为一时快乐，没有更多地想结果。而她又那么的喜欢力力普，她已把力力普看成是自己生活的一部分，跟力力普在一起，她感到从未有过的快乐，没有了负担，没有了烦恼，也不知孤独为何物。

特别是力力普经常带她到撒哈拉沙漠去享受那浪漫的爱之旅，而每次去，她总是感到自己仿佛又到天堂去旅游了一次，快乐得她每一个月都是笑容可掬的，天天嘴里哼唱着情歌。

临行前一周，七律几乎天天失眠，在力力普和五绝之间，她确实难以取舍，也不想取舍，因为她爱他们两人。可是道德却又不准她这么做，她必须在二者之间进行生离死别的抉择。

归期不容七律去细想，时间说到就到了。机场上的生离死别就如五年前在中国一样，七律哭着走进了候机室，两个小孩追着也要跟上去，力力普一手抱一个，厚厚的声音从那厚厚的嘴唇里跳出来：“早点回来，我们等你。”

七律停住脚步，肩膀抽搐着，没有应答。

五个小时后，七律又回到了中国的故乡，回到另一个现实的世界。假如说在非洲那是个梦，那么回到中国却不是梦，而是摸得到的现实世界，在这个世界里有她法定的丈夫，合法的女儿。她在机场看到他们的那一瞬，她怔在那里，感觉到自己是从一场梦中醒来，面前站着的是已长得和自己一样高的女儿，和已很憔悴的丈夫。女儿见到她，也显得很生分。

五绝推了女儿一下，说：“珍珍，叫妈妈。”女儿才羞愧地开口叫了她一声妈妈。

七律放下行李，把女儿揽在怀里，哽咽着说：“珍珍长这么大了，妈妈都认不出来了。”

五绝待在旁边，看着母女抱成一团，他的眼眶也潮潮的。他忙低下身，提起七律放在地上的行李。转过头说：“回家吧，坐了那么久的飞机也累了。”

珍珍在七律走时刚读小学三年级，现在已读初中二年级了，出落得标致水灵，也比她高出了半个头。

七律边走边拉着珍珍的手，亲切地说道：“珍珍，想死妈妈了，没想到你长得比妈妈高了！”

珍珍红着脸，高兴地边走边向七律汇报自己的学习情况。七律微笑着边听边不时地哼了一声，表示对女儿的赞许。

六

七律在非洲五年，给五绝汇回几十万元人民币。五绝用七律汇回来的钱在城里买了幢别墅。七律回来自然就住上新家了。

七律在家的日子显得很平淡，回来与丈夫一起生活，却没有和力力普一起生活时的那种激情。七律想不通这是为什么，但平淡也是一种生活方式，只是她过久了那种激情满怀的日子，现在一下子平淡下来，有点不习惯罢了。

七律想：是不是因为她经常与力力普到沙漠去宿营的原因，在沙漠过夜确实有别样的浪漫和风情，在那里没有任何人打扰，只有两个人静静地守在一起。

七律想到这，就有一种强烈回到非洲的渴望。

于是，七律一和五绝过性生活时，大脑中总会叠印着与力力普在沙漠的激情场面。自然感到与五绝在一起有一丝的寡趣。

七律回来，五绝还是照常上班，孩子也照常上学，她一个人在家里坐着无趣，就去走亲戚访朋友，很多以前的好朋友她都一一去走了一遍，特别是她的一个特别亲密的朋友，七律不时地去她家晃晃，走得多了，也就听到了朋友们谈论五绝的一些事了。不听则已，一听，她愉快的心情就变得很郁闷。

原来，在七律走后的日子里，也有一个女人走进了五绝的日常生活，只是她没有和五绝生下子女，那个女人是个已婚的女子，她在平常很是关心五绝，他们私交了三年多了。七律听了后情绪很是不好，但过后她也理解了五绝。她觉得五绝没她做得过分，但这正是一个和他讲开的好机会。正好是跟他离婚的借口，自己正愁没有办法和五绝谈开，这次刚好是天赐良机啊。

七律带着这个问题生活，似乎就背上了一座山，常常失眠，她不知道要怎么向五绝开口说这事，说开了五绝会有怎样的反应。她寻找着机会，可是时间一天天地过去了，一晃时间过了两个月了。在这段时间里，她总是梦见撒哈拉大沙漠，梦见自己和力力普那段激情满怀的日子，梦见她的两个子女在哭着叫妈妈。

七律一下子变得憔悴了，她下定决心向五绝提出离婚。于是，在一个周末，她把女儿送回她外婆家，约五绝到撒哈拉大酒店吃饭。

五绝感到很意外，笑着问："为什么要这么奢侈？"

七律微笑着说："到时你就知道了。"

在包厢里，七律点了撒哈拉葡萄酒，她拿过酒来，给五绝和自己斟上一杯。然后举起杯来，笑着说："这杯酒，我感谢你五年来对女儿的抚养。"说完自己先喝了。

她又斟上一杯，等五绝喝完后，举起杯说："这杯感谢你让我去非洲打工。"说完自己又先喝了。

五绝却不喝，他看着七律惊讶地问："你怎么了，今天怎么这么客气？"

七律长长地舒了一口气。

她看着五绝缓缓地说："我们离婚吧。"

五绝不相信地问："你说什么？"

七律又加重语气说："我们离婚！"

五绝的笑容僵在脸上，反问："为什么？"

七律说："你自己做的事，你不清楚？"

五绝听了苦笑一下，说："我那是没办法的办法，不然，得一个星期去一趟美容院或酒家，找个女人解决一下当务之急。还好有人与我相爱，要不然，说不定现在早得了艾滋病，见阎罗去了。我坚决不同意离婚，因为我深爱着你，和我们的孩子。虽然我做了对不起你的事，但责任不全在我。"

五绝说完叹了一口气，把头深深地埋进了双手之中。

七律无语，只是默默地坐着，她的脑海中不由跑出了力力普的笑声，跑出那两个龙凤胎儿女的笑声。她在想：该怎么办呢，通过法律来解决问题吗？

七律陷入了无助之中，她想到自己的错，她理解了五绝，可是她却无法原谅五绝的不忠。

两人从酒家不欢而散，回到家里各自分床而睡。当晚，两人都是一宿无眠。

七

七律经过慎重的考虑，觉得不能把事情闹大，她知道闹大了，对她没有任何好处，对五绝和珍珍都是一种伤害，特别是对珍珍的伤害会更大，珍珍正在成长期，特别需要来自家庭的爱。如果现在离婚，将会对孩子的心理发育产生不良的影响，导致孩子孤僻、叛逆，会给孩子留下阴影。

七律把两个男人细细地掂量掂量，对比对比，冷静让她最后得出结论，在她的内心深处，她其实更爱五绝，虽然和五绝一起度过的日子少了些浪漫，少了些激情，但五绝给她更多的是关爱，体贴和责任。她更少了担心和不安。而力力普给她的只是撒哈拉沙漠的浪漫和激情，当这种浪漫和激情被大量的平淡生活一冲击时，她就有些不安，有些不牢靠的感觉。她想：假如我不在，力力普是不是也会和五绝一样，去找别的女人解决那当务之急呢，这样他自己也就会把自己这没有名分的准妻子给忘了。想到这，七律就十分的痛苦。

七律决定到北京去旅游，她想通过旅游来缓冲一下她内心的矛盾。一家人欢欢喜喜地到了北京，上了长城，进了故宫，还到天安门前看升国旗，看升国旗时，七律的心中不由得有一丝的触动。

当五星红旗冉冉升起时，当国歌高亢地唱起时，七律心中有了一丝莫名的感动和温暖，她感到待在国内，似乎特别的温暖，特别的温馨，自然而然地她的泪水悄悄地流了下来。她的心头也涌现出五绝给她的那些没日没夜的温情，那些细得让人容易忘记，又浓得让人动情的爱。

当晚，七律又是一宿无眠，她在思考怎么解决离婚的事情，但千丝万缕，千头万绪，塞满了她的大脑，她无法理出头绪来。

从北京回来，珍珍笑着对她说：“妈妈，我和爸爸有一件藏了五年的礼物要送给你。”

七律笑着说：“珍珍，什么东西这么有价值，藏了五年。”

珍珍卖了个关子说：“先不告诉你，让你自己去猜。”

珍珍笑着跑进自己的房间，搬出一个大纸箱。

珍珍笑说：“妈妈，你看，这就是我们给你的礼物，你亲自打开看看。”

七律笑着说：“什么东西这么神秘兮兮的。”

七律就站起来，打开了箱子，里边满满的一箱笔记本。

七律笑着问：“珍珍，你要送一箱笔记本给妈妈？”

珍珍笑着说：“妈妈，这是日记，这是我和爸爸五年来写给你的日记，五年，我的妈妈！”

七律听珍珍这么一说，呆住了。

她反问：“五年，你们为妈妈写了五年的日记？”

“是的，妈妈，我和爸爸相约把我们各自五年来对妈妈的思念写出来，等你回来后让你看。”珍珍说完眼泪流了出来，哭着抱住了妈妈。

七律的眼泪一下子如断线的珍珠一样掉了下来，她抽泣着拿出一本日记本。

写了五年思念的日记，那要付出多少的精力，那要付出多少的感情，那要付出多少的心血啊！

七律想到这，不由放开喉咙哭了起来。

她边哭边打开珍珍的日记本，看了起来。

一会儿，她已哭成了泪人了，她站起来，抱住了珍珍，哭着说：“珍珍，妈妈对不起你，对不起你和爸爸。”

那一刻，七律否定了通过法律解决离婚的办法，患难之夫不可弃啊！

七律用了两个月的时间看完了父女俩为她写了五年的日记。每一次，她都潸然泪下，她的心在每一次的观看中都受到了地震般的感动。原来，父女俩在没有她的日子里克服了多少的困难，度过了多少个不眠的思念之夜……

两个月后，七律平静地告诉五绝说："我想再出国一年，一是挣钱回来培养女儿，二是我想平静一下自己的心情，思考一下我们夫妻之间的事。不论怎么样，你一定要把女儿培养成才。"

五绝叹了一口气，盯着七律说："我们之间的事真的无法化解吗？"

七律说："我无法接受这样的事实，我需要时间。"

五绝说："那好吧，我保证一定把女儿照顾好。哪天你想通了，你就回来。"

七律又在家中待了一个月，一个月后，七律又要飞往非洲，五绝和珍珍到机场送她，珍珍抱着七律哭得天昏地暗，五绝也随着女儿一起哭得很伤心。

珍珍说："妈妈，你早点回来，我和爸爸等你。我们再为你写一年的日记！你走到哪儿，我的心也跟你到哪儿！"

五绝也抹着泪说："我们父女等你回来！即使用一辈子！"

七律见不得父女俩的眼泪，背转身哭着走进安检门。

五绝和珍珍看着七律的身影消失了，两个人呆在那边，谁也不走。

良久，五绝拉起还在哭的女儿出了机场。

五绝哽咽地说："珍珍，别哭了，妈妈不久就会回来啊。"

珍珍哭着说："爸爸，妈妈这次肯定不回来了，我感觉到的。"

五绝一怔，随之答道："怎么会呢，妈妈那么爱我们，她还交代爸爸要把你培养成大学生呢。"

两人走出大门，五绝拦下了一辆计程车，拉开车门正要坐进去，后面传来了一声喊叫："五绝，等等我。"

五绝怔在那里，那不是七律的声音吗？他转过身，看着向他跑过来的七律，眼里含着泪水。

珍珍见是妈妈，跑过去伸开了双手，抱住了七律。哭着大叫起来："妈妈不走了，妈妈不走了！妈妈真好，妈妈真好！"

七律终于不走了！

五绝问她:“怎么临时又变卦了?”

七律笑容可掬地说:“这不全是你的错，我迈不上飞机了，我想跟你这患难丈夫白头偕老啊，不想离开这个家，不想离开你们这对情义父女!”

火金姑灯

一

“姐姐，萤火虫，好多的萤火虫。”男孩忠娃用普通话喊道。

“火金姑，太美了，这么多的火金姑。”女孩丽娃用闽南话叫道。

丽娃唱起了闽南童谣《火金姑》:“火金姑，来食茶，茶烧烧，食根蕉。根蕉冷冷，食龙眼。龙眼爱剥壳，换来食蓝菝仔，蓝菝仔全全籽，害阮食一下落喙齿，害阮食一下落喙齿。……”

丽娃对着夜空唱着童谣，林忠娃叫道:“姐姐，我们去抓火金姑吧，我要抓一瓶。”

“抓那么多干吗？”

“读书啊，照路啊。”林忠娃道。“好吧，给爸爸照亮回家的路，不然，天黑他看不见。”丽娃伤心地说。

林忠娃拿着两只透明的罐头瓶，一只交给丽娃，拉着她的手，跑出家门，到外面去追赶火金姑了。

夏夜的风，在耳边轻轻地吹过，田野里充满了生机，虫子吱吱地叫着，火金姑在草丛中飞来飞去，像是一队提着灯笼走夜路的行人，远远看去，美丽而又充满了神秘感。

林忠娃叫道:“姐姐，你看，火金姑太美丽了，像是天上的星星一样，在不断地闪烁着美丽的小眼睛。”

丽娃顺着弟弟的手势一看，草丛中提着灯笼的火金姑成群地飞来飞去，像是点缀在半空中的星星，给黑夜带来了一点希望。她再抬眼看天空，天空中，星星也在眨着眼睛，高兴地看着这些美丽的小精灵。丽娃想：天上那么多的星星，一颗颗都是亮晶晶的，哪一颗是爸爸啊，爸爸，你一定在天上看着我们是吧。

林忠娃叫道："姐姐，我们赶快去抓。"

丽娃应了一声，收回思绪，朝着忠娃走过去。

忠娃在草丛中抓到一只停在草枝上的火金姑，看着它屁股在闪光，兴奋地叫道："姐姐，火金姑太神奇了，怎么屁股会闪光，要是我们的屁股会闪光多好啊！"

丽娃笑说："人的屁股会闪光，人就是精灵了，就是怪兽了，忠娃，你说得真好，这样，人就很好玩啊。"

丽娃也捉了两只萤火虫放进瓶子里，黑黑的玻璃瓶马上亮起来了。

忠娃道："姐姐，赶快捉，等会儿奶奶睡着了。"

"你要干吗？"

"我要把火金姑给奶奶看看，奶奶一定没看过火金姑。"

"奶奶怎么会没看过火金姑呢，你是要让奶奶高兴吧。"

忠娃嘿嘿地笑着。

姐弟俩不说话了，埋头捉火金姑。不一会儿，丽娃捉了半瓶火金姑，火金姑在玻璃瓶里闪着光，把瓶子照得光亮，像是一盏圆形的白炽灯似的。

"弟弟，我们不要捉太多了，太多了，火金姑在瓶里没气了，会死掉的。回家吧，迟了奶奶就睡了。"丽娃叫道。

忠娃没有应答。

丽娃再叫，忠娃依然没有应答。

丽娃抬头找忠娃，看不到忠娃，丽娃紧张地大声喊叫，但没有听到忠娃的声音，她拿着手电筒到处找，找满了田野，也没找到。丽娃的头大起来了，她想：弟弟突然间不见了，会不会出事呢？

她走到水塘边，用手电筒照着水面，水面很安静，没有波纹。这就奇怪了，忠娃突然消失了。丽娃哭了起来，她边哭边叫着忠娃。

丽娃想回家告诉奶奶，让奶奶帮忙找弟弟，可是她又怕奶奶会骂她，可是不回家去，自己又找不到弟弟，这调皮的弟弟好像跟她捉迷藏似的藏着不出来，会不会在什么地方躲着。

丽娃咬了咬牙，拿着火金姑回家。

刚到门口，丽娃站在门口，不敢进门。良久，奶奶从屋内出来，见丽娃站在门口，就问道："丽娃，回家怎么不进门？"

丽娃说："奶奶，我捉到火金姑了，我有萤灯了，可是弟弟不见了。"

奶奶一怔，问道："你找了吗？"我到处喊，都没有应答。

奶奶说："走，我跟你找找去。"

奶奶提着充电灯，拉着丽娃到田野里去找，田地里，一堆一堆的草垛像一个个巨人站在那儿，让人害怕。

奶奶叫着忠娃，一个草垛一个草垛地照。丽娃说："奶奶，我没有找草垛，会不会弟弟藏在里面，跟我捉迷藏。"

"弟弟很调皮，可能就藏匿在草堆里，跟你捉迷藏。"奶奶说。于是，她们就一个堆一个堆地找，这个堆没有，又一个堆没有，丽娃在失望与希望之中不断地照着草垛。奶奶也边照边叫着忠娃的名字。

田野里的草垛都找完了。奶奶指着半山坡上的那个大草垛，说："到那边看看，若是那边也没有，就没办法了。可能忠娃就被动物捉走了。"

丽娃听到奶奶这么说，哭了起来，她边哭边向大草垛跑过去。她们把最后的希望全押在那个大草垛上。丽娃跑到草垛旁，心里不由得像是抱了个兔子一样，一蹦一跳的。她围着大草垛边叫边找。奶奶也小跑过去，也围着大草垛找。丽娃从左边向右边。奶奶从右边向左边，她们边找边同声叫着忠娃。

这时，丽娃惊喜地叫道："奶奶，找到了，弟弟在草堆里。"

奶奶跑过去，见忠娃握着火金姑瓶，蜷缩在草垛里睡觉，睡得真香，还轻轻地打着鼾。

奶奶摇了摇忠娃的身子，说："憨团儿，怎么躲在这里睡觉呢。"

忠娃用手揉了揉眼睛，醒了过来叫道："姐姐，你怎么找到我了。"

丽娃说："我和奶奶找了全世界，你跟我捉迷藏，一藏到草垛里睡觉，我们找不到你，可急死了。"

忠娃笑了说："我睡着了，忘了叫姐姐了。"

奶奶笑着拍了拍忠娃的脸，说："我们找你一晚上，如果没找到你，你就被坏人给抱走了，回家吧。"

二

"奶奶，你看，火金姑灯，晚上我们可以用来照亮，用来读书。你夜里起床不用开灯了，火金姑灯给你照明。"林忠娃急不可耐地说。

奶奶笑说："忠娃真棒，奶奶放心了。"

"奶奶，还有我呢。"丽娃听到奶奶表扬弟弟，没表扬她，急切地说。

"对，对，还有我们的小大人丽娃，你这个姐姐当得好，带好弟弟，让奶奶省心多了。"奶奶摸了摸丽娃的圆脸，爱怜地说。

丽娃听了奶奶的表扬，心里甜滋滋的，她偏了偏头，吐了吐舌头。

忠娃把萤火虫灯递给奶奶，说："奶奶，这灯就给你吧，晚上给我们盖被子时，你就不用开灯了。"

奶奶接过灯，见孩子们很懂事，心里在笑着，找孩子的不快像水蒸气一样蒸发了。她一手拉着一个孩子高兴地回家了。

一进家门，奶奶看着萤灯，说："火金姑灯不大亮啊？"

丽娃说："奶奶，那是电灯太亮了。"丽娃把电灯关掉了，顿时屋里一片黑暗，黑暗中，两盏萤火虫灯亮了起来了，把黑暗从屋内赶走了。

林忠娃说："要是妈妈和爸爸在多好啊，他们就会买很多好吃的东西奖励我啊。"

丽娃说："要是爸爸在多好啊，他看见我们制作了火金姑灯，一定会很高兴的，奶奶，爸爸看得见我们制作的火金姑灯吗？”

奶奶叹了口气，摸了摸丽娃的头，缓缓地说：“丽娃，你爸爸在天上看得见的，他会像过去那样，督促你们做作业，给你们讲故事，陪你们玩的。”

“奶奶，那我这火金姑灯就送给爸爸吧，他看得见我们，也一定听得见的。”

奶奶点了点头，把萤火虫灯放在米米的遗像下，看着米米的遗像，心里在说：“娃，你的孩子长大了，懂事了，他们都很想念你这个好爸爸啊……”

忠娃要给妈妈打电话。

奶奶说：“你妈在加班，你们就不要打扰她了，去洗澡，洗完澡睡觉。”

忠娃问：“爸爸真的回不来了吗？”

奶奶叹了口气，答道：“是的，孩子，要是没有你爸爸保护，你们俩人就被车给轧死了。”

丽娃说：“太可怕了，奶奶，不要说了。”

奶奶闭嘴，两串泪珠悄悄地掉了下来。她又想起了那次车祸，孩子放学，米米正休假在家，他主动要去接孩子。路上，两个孩子蹦蹦跳跳地边走边玩，米米跟在他们后面。这时，一辆载土车开过来，正是下坡，土车像是失了控制似的，向着两个孩子压过来，米米侧头看到车压过来，快速地一手一个孩子，把他们推到公路下的水渠里，当他也要跳进水渠时，土车把他撞得飞起来，像一只张开翅膀飞翔的鸟儿……

奶奶想到这儿，不由得偷偷地抹着眼泪，拿起米米休假给她买回来的衬衣，边摸边流着泪：这么孝顺的孩子，说没就没了，没了他，家里的笑声就少了，我心头也就像少了什么似的。

丽娃和忠娃去洗澡，洗完澡，一人拿着一本书，在火金姑灯下看书，看了一会儿，感到眼睛很疼。

丽娃问奶奶："为什么才看了一会儿书，眼睛就发疼？"

奶奶说："你们不要在火金姑灯下看书，亮度不够，所以眼睛疼。"说完，奶奶打开了电灯，屋里一下子亮堂堂的。

两人又看起书来，不一会儿，丽娃遇到一个不懂的字，抬起头问："奶奶，这个字怎么读？"

奶奶走过来，叹气道："奶奶这是青蒙牛，没读过书，不识字，怎么懂得字呢，要是你爸爸在就好了，他会辅导你们。"

忠娃说："姐姐，这个字我不知怎么读，你会吗？"

丽娃探过头，帮弟弟解决了问题。然后她说："奶奶，你不要伤心了，我知道怎么办了，爸爸告诉我的，如果不懂，要问不会说话的老师。"

"谁是不会说话的老师呢？"奶奶问。

"字典啊，奶奶。"忠娃抢着说。

丽娃拿出字典，查字，查完，她拿笔给字注上音。注完音，两人又头碰头地看起书来。良久，两人直打哈欠，上眼皮和下眼皮打起架来，伏在桌子上睡着了。

奶奶走过来，看着孩子们睡觉的憨态，微笑着把他们一个一个抱到床上，脱了衣服，盖上被子。奶奶想起了儿子米米在时的那些美好的日子，想着想着，泪不由得直往下掉。

三

丽娃在田野里奔跑，忠娃也在田野里像一只兔子一样地蹦来蹦去。后面，一群火金姑跟在他们后面跳着灯笼舞，两人唱着闽南语歌曲《火金姑》。……

"爸爸，你来追我们啊。"丽娃叫道。

忠娃喊道："姐姐，快跑，爸爸追上来了。"

丽娃的爸爸米米唱着《火金姑》，快步地追着孩子，叫道："快跑哟，追上了嘞。”

两个孩子笑着在前面跑，米米在后面追他们。萤火虫在他们旁边忽而左忽而右地飞来飞去，像是有一阵风把它们赶来赶去似的。光也呈波浪式的在夜空中荡来荡去。

田野里，笑声中他们兴奋地颠来跑去。丽娃和忠娃跑着跑着，忽然听不到爸爸的笑声了。两人奇怪地转过身一看，爸爸没在后面。

丽娃说：“忠娃，爸爸呢？”

“可能跟我们捉迷藏，藏起来了，找一找嘛。”

“太有趣了，爸爸跟我们玩捉迷藏，忠娃，一定把爸爸找出来，他藏不住的。”

两人就停下来，心里充满了兴奋，忍住笑，蹑手蹑脚地在四周找起爸爸来。

田野里，刚收割完的水稻田里，放满了一堆一堆的草堆，草儿发出清香的稻谷香味，两个孩子在草堆后面找爸爸，跑到一个草堆，丽娃就喊：“爸爸，你被我们捉住了。”可是米米却没藏在草堆后面。

找了好几个草堆，两个人没找到爸爸。

忠娃说：“姐姐，爸爸太厉害了，藏得我们都找不到他了，是不是藏在草丛里，我们到火金姑多的地方去找找看。”

丽娃答应了，两个人就跑上了田埂，到草丛里找爸爸了，丽娃叫道：“爸爸，你出来吧，我们玩累了，想回家。”

爸爸没有应声，两个孩子走到一个停满了火金姑的草丛，叫道：“爸爸，你藏在这儿，被我们捉住了。”可是，草丛后面没有爸爸。孩子们找了能藏人的草丛，都没有爸爸的影子。

丽娃哭起来，她叫道：“爸爸，你怎么走丢了，我们在这儿，你没看见吗？”

忠娃见丽娃哭了，他也哭了：“爸爸，我们不玩捉迷藏了，我们回家吧，你出来呀。”

田野里只有孩子们的哭声，没有米米的应答声，两个孩子齐声喊道：“爸爸，我们回家吧，我们不玩捉迷藏了。”

丽娃哭道：“爸爸是不是变成萤火虫啦。”

“爸爸，你不要变成火金姑了，你回来吧。”忠娃喊道。

“爸爸，你怎么全身都是血啊，谁打了你啊。”丽娃看到爸爸满身是血地站在她面前，惊叫道。

米米没有说话，米米满身是血地走过丽娃身边，米米的脚离开了田地，向半空中升起。

一群一群的火金姑，在夏夜的轻风中提着灯笼，像是在着急地寻找丢失的宝物，它们的心情就如两个孩子一样，很着急，很惊恐……

“爸爸，你别走，爸爸，你别走！”丽娃哭叫。

“乖孙，怎么啦，醒醒，醒醒。”丽娃的奶奶从床上爬起来，叫着孩子。两个孩子边叫边哭：“爸爸，爸爸，你不要变成萤火虫了。”

窗外，天亮了，晨风轻轻地吹进屋内，带进了夏晨的清凉，新鲜的空气充满了五脏六腑，充满了奶奶的心。

孩子们依然在睡觉。

奶奶回想起昨晚孩子们呼叫爸爸的声音，不由得泪流了下来，孩子们在梦中的呼叫声，像是尖刀一样地刺着奶奶的心。可惜，可惜啊，这么有孝心，这么年轻的人说走就走，白发人送黑发人啊。奶奶伤心地抹着泪，独自一人坐在床边，用手帕擦着泪，痴想着。

抽泣了一会儿，奶奶站起来，走到灶台前，开始点火，做早饭了，炊烟袅袅地从屋顶升起来，在晨风中摇晃着向空中升起，仿佛孩子们那白色的梦一样；又好像孩子们伸出的手，要把藏在天空里的米米爸爸捉回来似的。

四

饭熟了，屋子里弥漫着米粥的香味。

奶奶走进内屋，摇醒了孩子，丽娃和忠娃一起床，就拉着奶奶的手。丽娃道：“奶奶，我昨晚梦见爸爸了，爸爸满身是血，他和我们一起捉火金姑。”

忠娃也说：“后来，爸爸变成火金姑了。”

奶奶说：“好，好啊，洗脸、刷牙，吃饭，饭后，读一会儿书，和奶奶下田去。”

两个孩子吃完了饭，忠娃突然想起了什么，他叫道：“奶奶，我的火金姑呢。”

奶奶在厨房里忙着，她应答道：“在内屋。”

忠娃跑进内屋，拿起火金姑，一看，火金姑全死了。他哭起来：“火金姑死了，火金姑死了。”

丽娃走过去拿起玻璃瓶一看，瓶里的火金姑真的全死了。她感到奇怪，怎么火金姑放在瓶里，一个晚上就全死了。

奶奶听到忠娃的哭声，放下手里的活儿，走过来，拿起瓶子一看，瓶子里的火金姑真的全死了。她检查了一下，说：“你把盖子给拧死了，火金姑在瓶子里没空气，那么多，久了，自然就闷死了。”

丽娃问：“奶奶，火金姑也要吃空气吗？”

“当然啊，它们和人一样，都是要呼吸的，没有呼吸空气，自然就死光光了。”

“奶奶，那是我们害死了火金姑呀？”忠娃问。

“没关系，你们小，不懂得这个道理。”

“这么美的火金姑，很对不起它们。”忠娃叹气道。

“把它们埋了吧，算是对得起它们啦。”丽娃说。

“好吧，早上你们就做这件事，奶奶要下田了。你们埋完火金姑就回来，在家看看书，明天你妈放假，要检查你们的作业。”

丽娃看着火金姑的尸首，有些伤感，想着那么美丽的火金姑，只美丽了一个晚上就没了，这么的短暂，真是可惜啊。

忠娃问：“姐姐，要埋在哪里呢？”

丽娃想了想说：“我们昨晚梦见爸爸了，梦见爸爸变成火金姑了，那就把它们和爸爸埋在一起吧。”

“那好吧。”忠娃拿起两个瓶子，丽娃拿着一把小铁锹。两个孩子出了门，来到了埋葬他们爸爸的小山头。

米米的坟墓是一堆高高的土堆，像一只扔在荒地上的大馒头，上面已经长满了一尺多长的青草，青草在风中轻轻地摇来摇去。

“姐姐，爸爸真的睡在里面吗？”

“你忘了，爸爸是被抬着放进去的。”

“可是我仿佛觉得爸爸是跟妈去打工啊。”

“我也是这样想，爸爸没有死，他在看着我们，听着我们说话呢。”

丽娃在坟地的旁边挖了个小坑，对忠娃说：“弟弟，把玻璃瓶放进去，让火金姑去陪爸爸吧。”

“姐姐，有这些美丽的火金姑陪爸爸，爸爸就不会无聊，是不是？”

丽娃说：“对啊，爸爸就会跟火金姑玩呗。”

忠娃把两瓶火金姑放进土坑里，丽娃把土填进去，她脑中浮现出埋葬爸爸的那一天。

那天，天上下着小雨，四个大人，把一个长长的长方体的木箱子放进了大土坑，箱子里装着她的爸爸。一会儿，土堆高起来了，调皮、爱笑的爸爸永远地不见了。她呼天抢地地趴在土堆上哭个不停，不让人填土……

丽娃想到这儿，泪不由得掉下来，忠娃问道：“姐姐，你怎么了？”

“我想爸爸了。”丽娃说完，擦了擦眼泪，抽泣了一声，把土也堆成一个小土堆。

丽娃说：“好了，火金姑有新家了，它们在天上可以跟爸爸玩了，爸爸就可以很调皮、很快乐地笑了。”

“爸爸在天上，姐姐，我怎么看不见他啊。”忠娃天真地问。

“奶奶说了，爸爸是去了天上，我们看不到他，但他看得见我们，所以我们要当个好孩子，不能让爸爸失望，爸爸看到我们都很乖，很努力，很刻苦地学习，他会很高兴的。”

丽娃挖了一些草皮，也像爸爸的墓一样，给小土堆安上了草皮。埋完了火金姑。两个人又到爸爸的坟前，跪下，给爸爸磕头，嗑完头，丽娃哭着说：“爸爸，你一个人在这里，如果孤单，你要告诉我们，我和弟弟会经常来看你的。”

忠娃听丽娃这么说，不由得也哭起来。“爸爸，我好想你啊，我好想骑在你的肩膀上，跟你一起玩骑马啊。爸爸，你听见吗？”

丽娃擦了擦眼泪，拉着弟弟说：“弟弟，我们回家吧。”

两个孩子一步一回头地回家做功课了。

他们刚做了一会儿作业，忠娃就要去玩了，他扔下作业，跑出门外，爬到桑树上，桑树上的两只黄鸟正在叽叽喳喳地说着话，看到忠娃爬上来，惊得扑扑地展翅飞走了。丽娃叫道：“忠娃，你要认真做作业，不然，爸爸在天上看了，见你不乖，不努力学习，他会很伤心、很生气的。”

忠娃一听姐姐这么说，就从树上溜下来，边走边叫道：“好吧，姐姐，我听你的，当个孝敬父母的好孩子，做完作业再玩，不让爸爸操心。”

忠娃走进屋内，又做起作业。两人做完了作业，就到田里去找奶奶，帮奶奶除草。祖孙三人，在田里干活一直到傍晚，鸟儿叽叽喳喳地叫着归林，他们才回家。

到了晚上，田野里的火金姑像天上的繁星一样，漫山遍野地闪烁着。

忠娃又要去捉火金姑。

奶奶说："孩子，不要再捉了，你们去看看就好，火金姑晚上才会展示它们的美丽，你把它们捉回来，它们很痛苦的，没有了自由、快乐，就会很快地死了啦。"

丽娃说："弟弟，我们去看看跟爸爸在一起的那些火金姑嘛，奶奶说得对，我们不要再捉火金姑了，我们要爱护小生命。让小生命自由地展示美丽的身姿吧，这样，更多的人才有机会欣赏到火金姑的美丽。"

忠娃点了点头，高兴地拉着姐姐丽娃的手，两人拿着手电筒，出了门，他们来到了爸爸的坟地。

远远的，丽娃惊讶地叫道："忠娃，你看，爸爸坟地的上空，怎么有那么多的火金姑，太漂亮了！"

忠娃顺着丽娃的手势一看，在坟墓上空，萤火虫大集结，密密麻麻的，像是无数的星星把夜空点缀得异常美丽，又像一颗颗闪耀光芒的珍珠，在夜空中闪烁着。忠娃张大了嘴巴，叫道："太神奇了，哪里来的那么多的火金姑呢。"

丽娃说："是不是我们埋了火金姑，感动了其他火金姑，它们聚集在一起纪念死去的火金姑，给它们举行葬礼呢？"

"姐姐，我们不是梦见爸爸变成火金姑了吗？会不会是爸爸当了火金姑的头头，它们聚集在一起，和爸爸一起玩耍呢。"

"爸爸，爸爸。"丽娃叫道。

忠娃说："爸爸一定是那只最大的火金姑，我们找找看，有没有一只很大很大的火金姑，它像爸爸。"

忠娃话音刚落，一只很大很大的火金姑闪烁着光芒，飞了过来，它在丽娃和忠娃的头顶上嗡嗡地飞来飞去，像是在跳着美妙的舞蹈。

"爸爸，爸爸。"丽娃和忠娃抬头看着火金姑，大声地叫嚷着，他们看到了爸爸正微笑地注视着他们。

夜空中，传来了爸爸米米大声地歌唱：

娃娃，娃娃
爸爸就是火金姑
大大的火金姑
举着红灯笼
带着快乐屋
携着希望和幸福
给你们引路
照亮你们的前途
……

蝉信

知了在桑树上吱吱地叫热啊，热啊。桑树下，红娃和妹妹红英头碰头，在玩两只知了。

“红娃，红娃。”红娃爸爸林地在屋内大声叫。

红娃抬头“哎”了一声，又低头和妹妹玩起知了。

林地又大声地叫了一声，红娃才不舍地放下知了，嘟着嘴快跑着进屋。红娃爸爸向屋外探了一下头，见红英在桑树下玩，屋外没有陌生人，只有知了在吱吱地叫嚷着热死了热死了。

红娃站在爸爸面前，两只会说话的大眼睛盯着爸爸。林地扳过红娃的肩膀，神秘地低声说:“你把这纸条送到菜屿岛上，交给大胡子叔叔。这次的任务非常重要，要过好几个关卡，不能让日本鬼子看出破绽，你把妹妹带上。鬼子兵和伪军若盘问，你就说到海边讨小海，把讨小海的网和工具都带上。”

红娃点了点头道:“爸爸，我害怕。”

“你不用怕，就当是带着妹妹出去玩一样。”

“那纸条要放在哪里？”

“你和妹妹刚才在玩什么？”

“玩知了。”

“那好，你去抓一只知了来。”

红娃走出门，爬上门外的那棵大桑树，从树上抓了一只知了，又下了树，进了屋，把知了交给爸爸。

爸爸摸摸红娃的头："这么快就抓到知了，你爬树的水平又提高了。"

红娃抬头仰望着爸爸，歪了歪头，吃吃地笑着，像是吃了蜜一样。

林地接过知了，用刀小心地把知了的共鸣箱刺破，然后把加了蜡的纸条卷成条，轻轻地塞了进去。接着他把知了的翅膀给剪短了。

做完这工作，林地舒了一口气，笑说："这样就天衣无缝了，只要你胆大心细，就能完成任务，我把知了放在你的鱼篓里，谁也不会去在意的。有信心吗？"

红娃挺了挺胸，说："爸爸，我就跟妹妹去玩一次吧，我相信很好玩，很刺激的。"

爸爸慈爱地拍了拍儿子的肩，又把他抱起来，说："好，你就跟妹妹一起去玩吧，好好听大胡子叔叔的话，大胡子叔叔的话就是爸爸的话。"

红娃吊着爸爸的脖子说："那你要奖励我啊。"爸爸答应了，红娃叫上红英，用鱼叉挑上鱼篓和渔网。爸爸从锅里拿出两个烤地瓜，交给红娃，道："这两个烤地瓜，是爸爸奖励你的，带着路上吃吧。"

讲毕，他又爱抚地摸了摸红娃的头，又抱了抱红英，小声说："红娃，爸爸不在你身边，你是哥哥，是大人了，要照顾好妹妹，要胆大心细，勇敢沉着。"

红娃爽快地回答："爸爸，我会的，我是妹妹的保护神，你放心吧。"

红英说："爸爸，我跟哥哥去玩捉鱼，我们长大了，你放心吧。"

红娃带着红英走出家门。爸爸看着他们的背影，不由得泪滴了下来，他悄悄地擦干了泪，走进内屋，拿出一大叠文件，用火石点燃，放进灶膛里烧起来，烟囱袅袅地飘出炊烟，炊烟在风中舞动着腰肢，向着空中慢慢飞去，像是画家用画笔蘸了白颜料，在蓝天中弯弯曲曲地涂了一大笔似的。

红娃来到村口，村口的白狗子关卡里，两个白狗子正在检查过往的百姓，红娃和红英走过去，红英有点儿害怕，她拉着红娃的手，红娃小声说：“别怕，有哥哥在，勇敢些。”

一个歪戴着军帽、嘴叼香烟的伪军叫道：“红娃，你要去干吗？”

红娃一看，原来是本村的苟乞食，他上前道：“苟叔叔，我要去讨小海，看能不能抓到鱼，我家好几天没有咸鱼吃了。”

歪帽子苟乞食说：“你要孝敬我们几条大鱼，不然不准出去，皇军还会责怪的。”

“那是一定的，我们每次下海，您在，哪一次少了您呢。”红娃镇静地道。

苟乞食推了下红娃的背部，说：“好了，去吧，别太迟回来。”

红娃拉着红英，走出了关卡。快步向海边走去。红英手拽着手，手心满是汗。

红英转头看了看关卡，见没人跟来，才大喘了口气，说：“真是吓死我了，我紧张得受不了，伪军拿着枪，老是欺负人。”

红娃拍拍红英的背，说：“你要学会冷静，没事，我们只是去捉鱼，又没做亏心事，有什么可怕的。”

两人轻松地来到海边，他们把小船从沙滩上推到海里，跳上船，红娃让红英坐在船头，自己在船尾摇橹。

船向着菜屿岛的方向，在海水中不断地晃荡着，浪花一高一低，推着船只向前行驶。

红娃划得很卖力，红英坐在船头，看着浪花向着自己冲过来，像是要把船给吞了似的，她害怕地转过头对红娃说：“哥，浪这么大，我有点儿怕，要是船翻了怎么办？”

红娃说：“你不要怕，过一会儿出了浪区，海浪就不会这么大了，很快的，就一会儿的工夫，你忘了我们经常跟爸爸出海，不也是这样吗？只要爸爸在，我们都不担心。现在有哥在，你也不用担心啊。”

红英说：“好吧，我不担心了，我看海。”

当小船冲出了大浪区时，海一下子平静了下来，红娃摇着小船平静地向着菜屿岛方向驶去。

突然，前面传来了马达声。红英叫道：“哥哥，前面有大船，向我们开过来，会不会是鬼子兵来啦。”

红娃道：“你看看他们的衣服，是不是跟站岗的歪帽子一样。”

红英说：“等会儿，看不大清楚。”

大船向着他们的小船开过来。红英看清楚了，叫道：“哥哥，果真是鬼子兵。”

红娃道：“别怕，我有办法应付他们，你往海里撒网。”

大船靠近了，大船上的一个伪军喊道：“干什么的？”

红娃停下桨，叫道：“讨小海的。”

红英赶快拿起渔网，站起来，装着要往海里撒网。

伪军叫道：“把船靠过来，接受检查。”说完，几个伪军和鬼子兵从大船上放下一只皮艇，两个伪军和一个鬼子兵坐在皮艇上，划着向红娃的小船靠过来。

鬼子兵上了小船，检查了一下，看到小船上除了渔网，空空的，就打了红娃一个嘴巴，又捏了一下红英的小脸蛋：“花姑娘，真是水灵，可惜太小了。”

红英的泪在眼眶里打转，她强忍住，低着头，不敢看鬼子兵。

红娃眼里喷着怒火，他想起父亲的交代，不由放松心情，把捏紧的拳头松开，拱起双手，给伪军作揖，笑道：“老总，我们是来捞鱼虾的，请你们放过我们吧。”

伪军道：“好，你们两个小兔崽子，也兴不起什么风浪，下网，给爷们捞几条鱼来尝尝鲜，老子们好久没吃到鲜鱼，馋死了。”

红娃道：“妹妹，撒网。”

红英用力把网往海里撒。

伪军伸长脖子看着海面。

红娃往前划着船，红英慢慢地收着网。

网里几条渔在蹦跳着，伪军乐得露出黄牙。

红英把渔网慢慢地收上来，五条鱼在白色的网里跳跃着，红英把网起到船舱里，伪军帮忙把鱼抓起来。一个伪军抓起鱼篓就要装鱼。

红娃见状，急忙道：“老总，你们力气大，用网兜比较方便，手一提，人家都知道你提着海鱼。我们力气小，鱼提不动，只能用背的，鱼篓留给我们小孩用吧。”说完，他就拿出网兜，打开网兜口。

红英就把鱼一条条地往网兜里装。

一个黄牙的白狗子说：“再下一网，我们船上人多，五条鱼不够吃。”

“好。”红娃摇了一下橹。

红英又要撒网。

红娃说：“我力气大，我来，网撒开些，才能捞得到大鱼。”说完，红娃低下头，把鱼篓拿到船后舱，收拢网，用力把它向远处抛去。网尽力地撒开，掉入亮闪闪的海水里。

红英在后舱把着舵，船在海里慢慢地漂着。

红娃慢慢地起着网，他看到一条鱼在网里跳着，再起网，又有一条更大的鱼在网里跳，再起，又有好几条小鱼在网里蹦跳。网就要起完，十几条鱼在网里撞来撞去。

一个伪军笑道：“这下子够我们撮一顿了，还好，排长那还有一罐白酒呢。”

红娃把网起到船上，把蹦跳的活鱼一条条地放进大网兜，刚好装满一网兜。

为首的鬼子兵满意地挥了挥手，上了皮艇。一个伪军说：“好，走了，你们网到鱼，就得回去，不可乱走，以免被误杀了。”

红娃道：“谢谢老总。”

皮艇开走了，鬼子上了大船，皮艇被吊起来，大船开走了。

红娃舒了一口气，又划起船，向着菜屿岛方向快速划去。他看到菜屿岛了，很高兴。他想：上了岛就成功了，岛上的叔叔就会给我煮海鸟蛋吃了。

他用力划，后面又传来了马达声，传来了叫喊声：“停船检查，不停就开枪了。”

红娃手一颤抖，想：怎么办呢，又碰上鬼子兵了，他想起放在船上暗舱里的红色瓶子，对红英说：“把暗舱里的红色瓶子拿出来。”

红英把瓶子拿出来，红娃说：“往自己的身子涂血。”红英把自己的身子涂满血。然后把瓶子递给红娃，红娃也把自己的前胸涂满血。

伪军又大声喊话：“停下船来，不停就开枪了。”

红娃不理睬，加快了划船的力气。船快速地向前冲。鬼子开枪了，机关枪哒哒哒哒的声音在后面响起。子弹从头上刷刷地飞过。

红娃道：“慢慢地倒下去，仰卧着。”

红英倒下了，红娃也倒下了，满身是血。船停在那，随着海水漂起来。

鬼子的船很快地追上来了，他们看到船里两个小孩子，满身是血，仰卧在船舱里，中弹死去了。

一个大头鬼子兵说：“怎么那么不禁打，我只是打了几梭子子弹，就把他们给打死了，看来我的枪法还是很准的。”

另一个小头伪军跟一个矮个子伪军道：“鬼子把两个无辜小孩给杀了，还夸自己。他做的伤天害理的事，老天有一天会收了他的。”

大头日本兵摆了摆手说：“走了，打死了两个小孩子，真是晦气。”说完，吐了几口唾沫。

汽笛声响起，马达声响起，鬼子兵的巡逻船转头开走了，听着马达声渐渐地远去了。红娃睁开眼一开，四周全是碧蓝的海水。

红娃叫红英，红英才睁开眼睛，说：“哥，吓死我了，我连气也不敢喘了，好在鬼子兵没上船检查，不然，我们是逃不掉的。”

“好了，三道哨我们都过了，就要到达菜屿岛了。”

红娃用力划起船，船轻快地冲着浪花，向着菜屿岛方向前进。

红英说：“我也来帮你吧，看你累了，划不动了。”兄妹俩就一人一把橹，向着菜屿岛摇去。

到了菜屿岛，红英说：“哥，也给大胡子叔叔带几条鱼吧。”

红娃说：“妹妹，你真细心，对，我们也网几条鱼。”

红娃拿起网，向着远处抛去，然后坐在那，慢慢地起网，一条条鱼在网中欢快地跳着。红英帮忙把鱼一条条地放进鱼篓中。抓了一篓鲜鱼。红娃满意地找了个停泊点，把船系在一棵大树上，就和红英一人一边，提着鱼篓上岸了。他们刚走了近一百米，就有人在后面喊：“站住，举起手来。”

红娃和红英放下鱼篓，举起手来，

那人问：“口令？”

红娃道：“红娃不是娃娃。”

后面的人说：“红娃就是娃娃。”

另一个人说：“小孩，你们是哪儿来的？”

红娃转过身，看到两个穿着灰布衣的战士提着枪走过来。

战士问道：“你干吗来？”

红娃知道他们是放哨的战士，就说：“请你们带我们去见你们的首长大胡子，我见了你们的首长才能说。”

一个矮战士笑道：“看你小毛猴一个，还鬼得很。”

红娃道：“我爸说了，这是铁一样的纪律。”

高个子战士道：“好，好，我这就带你们去。”

高个子战士交代矮战士继续站岗，自己带着红娃来到一个山洞，进入洞中，洞里先是暗，走了一会儿，就四周明亮。红娃看到明亮处坐着几个人。

高个子战士立正喊报告。

一个大胡子走过来，问道：“什么事？”

高个子战士说：“从陆上来了两个孩子，要见团长。”

大胡子走近红娃，抚着红娃的头说："你就是红娃吗？"

红娃道："口令。"

大胡子笑道："红娃见大胡子，红英来相帮。"

红娃听到大胡子答对了暗号，才说："大胡子叔叔，我是红娃，我受命给你带来了绝密文件。"

大胡子笑着说："在哪，拿来？"

红娃放下鱼篓，从鱼篓里拿出了一只知了，交给大胡子。

大胡子说："红娃，这是知了，我要的是文件。"

"文件就是知了。"红娃笑说。

"你真厉害，把文件藏在知了身上。"大胡子说。

红娃道："这是我爸爸发明的，这叫蝉信。"

红英说："我们还带来了一篓鲜海鱼哟。"红英把篓里的鲜鱼倒出来，鱼儿在地上活蹦乱跳的。

大胡子团长说："很好，兄妹都是好样的。"

大胡子团长从知了的共鸣箱里掏出加蜡的纸条，打开信，看了一下。道："红娃，红英，你们不能走了，你爸爸暴露了，可能已经被敌人杀害了。"

红娃惊讶地说："怎么会呢，我爸没说啊，我们来的时候，他还是好好的啊。"

大胡子说："信里说了，你们跟我们走，我们也暴露了。"

红娃问："怎么会这样呢？"

"我们军中有位部长投敌了。"大胡子说，"哨兵，通知所有战士，做好转移准备，全团乘船转移。"

红娃听说爸爸被杀了，他哭了起来，红英也跟着哭起来。红娃走到大胡子身边，拉着大胡子的手，说："叔叔，我也要当兵。"

大胡子说："你已经是了，这里就是你的家，我们都是你的爸爸。"

所有战士准备完毕，在洞口平地上集合。大胡子团长拉着红娃与红英走出山洞。下令：“离开菜屿岛，开船前往岱嵩岛。”

上了船，大胡子抚着红娃的头说：“你爸为了保护我们，稳住敌人，不离开家中半步。他想出办法，让你们兄妹来送信。不然，敌人会跟踪你爸爸的，你们是好样的，救了全大队的红军。”

红娃想起了鬼子兵杀他叔叔时的情景，叔叔流着血骂日本兵，鬼子就把子弹一粒一粒地射进叔叔的胸膛，像是在锅里炒豆似的，噼啪噼啪地响个不停，然后叔叔的胸部就染满了红色的血，一滴一滴地往下掉。

红娃闭了闭眼，狠狠地咬了咬牙。他想：父亲一定跟叔叔一样牺牲得很惨，他在心里把日本兵恨透了，他的眼前又烧起了一堆火，他在火光中见到爸爸，爸爸戴着军帽，微笑地注视着他，向他走来，红娃高兴地向爸爸跑去。知了，知了，在树上争着叫嚷着……

大胡子团长叫道：“红娃！”

红娃睁开眼睛，满眼全是泪水，大胡子团长把他揽在怀里，抚摩着他的头，说：“勇敢些，我们会有机会把日本鬼子赶走的，你爸爸会为你骄傲的……”

红娃又闭上眼，他仿佛听到知了在鱼篓里吵叫着，还有爸爸的呼喊声……

一剪情

鸡鸣市溪南村，保安团一百多人围住了柯佑家。保安大队长朱砂用脚踢开柯佑家门。

溪南村地下党交通员柯佑在家中被保安团捉捕。柯佑被抓到县城保安大队审查。保安大队审查室，柯佑被五大三粗地绑在行刑架上，保安大队长朱砂道：柯佑，你看一看我们的刑具，可是说什么有什么，可以烙你的肉，可以用刀细细地在你的身上一刀一刀地割，然后撒上盐，让你生不如死，也可把你的耳朵割下来，还有一种最绝的，把你的生殖器割下来喂狗，让你痛不欲生。

柯佑冷笑道：我怕死就不革命了。

朱砂道：你可想好了，不然，我们就先来烙一下试试，然后一种刑一种刑地试，让你体验一下国军刑罚的丰富性。

柯佑道：来吧，我是不怕你们威胁的。

朱砂道：烙铁。

一个保安队员把一只烧红的烙铁拿出火炉，递给朱砂，朱砂接过烙铁，在柯佑面前晃一下，哼哼奸笑道：柯先生，你可要忍住啊，这被烙的味道可不好受啊。

柯佑看着火红的烙铁，吸了一口气，咬紧牙关道：来吧，我是不怕你们威胁的。

朱砂喊道：把他的衣服给扒了。

保安队员过来，扒掉了柯佑的衣服，朱砂把烙铁递给另一个行刑的队员，下令道：烙他，不烙他，他不老实。

烙铁按在柯佑的前胸，一股滋滋的声音，和着肉被烙焦的味道和青烟升腾起来。

柯佑像被杀的猪一样号叫起来，随之痛得昏了过去。

朱砂下令道：用冷水把他泼醒，冷水泼到柯佑的身上，柯佑一激灵，醒了过来。

他看着朱砂，破口大骂：我干你娘的祖宗十八代，我变成鬼也要来抓你。

朱砂道：你归不归顺我们，归了我们，吃喝嫖赌，样样皆有。

你们的引诱对我来说是没用的。柯佑大声道。

朱砂道：那好，你刚才说要干我祖宗十八代，那我们就先来报复一下，把他的妹妹和母亲带上来。

柯佑的妹妹和母亲被绑着带进来。朱砂道：你们一家子团聚了，很好，现在我让你看一幕生不如死的好戏。

朱砂指着他身边的两个保安人员，冷笑道：你们上，把这两个女人的外衣给脱了。

母女俩的外衣被剥掉，只剩下内衣。朱砂走过去，用军刀挑开母女俩的内衣，露出白白的乳。朱砂淫荡地笑道：这两个女人不错，你们把她们给弄舒服了。

两个保安人员一听下令，一人拉起一个，把他们母女俩搂抱住，两个保安开始脱裤子。

柯佑见状，吸了一口冷气，咬了咬牙。喊道：且慢，且慢。

朱砂面上飘过一丝不易察觉的微笑。柯佑道：你们不要糟蹋她们了，你说吧，要我干什么?

柯佑的母亲大声道：柯佑，我们死不足惜，你可千万不能上白狗子的当。

柯佑道：妈，你放心，我不可不孝。

柯佑妈道：儿子，我不要你的孝，你要忠心当个红军的好干部。

柯佑无言，他流下了泪，对朱砂说：放了她们吧。

朱砂哈哈大笑道：好，放了她们，我们的柯干部同意跟我们好好合作了。

朱砂一挥手，保安就让母女俩穿上外衣，把她们带出去。

柯佑母亲边走边喊：柯佑，你可不能做对不起红军的事，红军对我们家不薄啊！

柯佑没有回答。紧闭着嘴巴。

母女俩被放走了，柯佑喘了口气，笑道：说吧，你们要我干什么？

朱砂奸笑道：你告诉我们红军游击队的住地，给我们带路就行了。

柯佑说：你们给我什么条件？

朱砂哈哈笑道：好，我们给你个中队长当，再给你黄金百两。美女两个，你以为如何？

柯佑说：不管以后怎么样，你们皆不可干扰我的家人。

朱砂道：都是自己人了，我们再拿你家人说事，那就不是人了。

柯佑道：那好，把我放下来，我答应你们。

朱砂下令把绑在架子上的柯佑放下来，柯佑坐在椅子上，拿起桌上的一杯茶，咕噜咕噜地一口全干掉。抹了抹嘴巴，道：靖和浦苏维埃政府主要官员都在霞美虎崆岩。

朱砂满意地点了点头，道：那你带路，我上报上级，回来立马给你当中队长。

柯佑说：我肚子饿了，弄点吃的吧。

朱砂道：好，那我们吃完点心，连夜赶到霞美。

朱砂带着保安大队，柯佑带路，两百多人的保安大队直扑霞美虎崆岩。到达虎崆岩时，已经是午夜了。

朱砂保安大队包围了虎崆岩，朱砂对柯佑说：你去喊人，人一出来，我们就开枪，全部消灭他们。柯佑说：我不忍心亲眼看着你们杀死他们，还是你们喊吧，他们全在洞里，不会跑的，也跑不了，他们不知道我会归顺你们。

朱砂说：我们喊他们不出来，他们不相信我们，这也是你立功的机会。

柯佑道：那好，我喊。

柯佑站在洞口不远的地方喊道：我是柯佑，我回来了。

洞门开了，一个游击队员跑出来，叫道：柯佑，你怎么去了这么久，我们正在开会研究怎么扩大红军队伍的事。

朱砂对着旁边的机枪手说：开枪。

机枪手瞄准游击队员，开枪扫射。

游击队员立刻倒在地上，柯佑在黑暗里闭了闭眼，感到有两行眼泪流了下来。洞里也向洞外打枪，枪声很稀。

朱砂大喊道：洞里的红军不多，有七八个人，大家不要怕，围着打。他们跑不了，全部杀死他们，每人赏大洋二块。

有保安队员叫道：队长，先发大洋，再打共党。

朱砂骂道：娘的，还跟老子谈条件了，他命令旁边的副队长先发大洋一块。保安队员有了一块大洋的奖赏，人人都很卖命。围着洞打起枪来。

红三团领导张太西和吴庭坚从后洞冲出来，保安队开枪射击，吴庭坚冲在最前头，中弹倒下，张太西把吴庭坚拖进洞。

张太西发现吴庭坚已经牺牲了，不由得放声大哭道。

他看了一下洞中的人，只剩下七个了，他说：我们宁死不当俘虏，分开两边一起冲，三个打前洞，四个打后洞，谁能冲出去，就冲出去，冲出一个，就保存了一份革命的力量，也能把柯佑叛变的消息传出去，以免其他地方的党组织受到破坏。

说完，他把子弹和手榴弹进行平均分配。前洞后洞的战斗一起打响，张太西把手榴弹一起往洞外扔，扔完手榴弹就往外冲，刚冲出洞口，敌人的机枪就响了，张太西也中弹倒下了，接着后洞的其他三个人也中弹了。

前洞的情形更惨，三个人扔完手榴弹，刚冲出洞口，敌人的手榴弹就在洞口爆炸了，三个人被炸得粉身碎骨。

战斗结束了，朱砂说：柯佑，你立了大功了，你辨认一下，谁是共党的头头，我们把头砍下来，向县里请功。

柯佑举着火把，走进洞，指认吴庭坚和张太西的尸体。

朱砂道：我们这下子全部立了大功了。把他们的头砍下来。柯佑翻了一下张太西身子，发现张太西还活着。朱砂道：把张太西押走，其他打死的，能找到头的全部砍下来。

朱砂押着张太西，带着七颗红三团战士的头颅得意扬扬地回了县城。

柯佑走在队伍的后头，心里七上八下的，他担心什么时候红军会和他算账。特别是他的那个当红三团副团长的兄弟。他是个不讲情面的人，一心忠于革命，若是知道他反革命了，定会追杀他。

柯佑想到这，不由得心里一麻。朱砂在他的后面叫他。柯佑停了下来，等朱砂。

朱砂走到他面前，拍着他的肩膀说：好兄弟，我已经向旅长和县长汇报了，他们决定授你为保安队副大队长，从现在起你就是保安队副大队长了。队副，我们现在的任务就是剿清本县的共党，我有个想法，我们要配合正规军，由你带路，把本县的共党窝点，逐个消灭，那你的功劳就大了，连蒋委员长都要嘉奖你了，到时，你的官可就升大了。

柯佑听朱砂这么一说，脑子就大了，他想：这下子，越陷越深了，没有回头路可走了。

回到县城，朱砂把红三团被杀战士的头颅用铁丝穿上了耳朵，挂在城墙上，写上：共党的下场。

根据地的百姓从那儿经过，看着红三团战士的头颅，百姓一个个伤心落泪，恨之入骨，人人想：若抓住叛徒，一定要剥了他的皮，吃了他的肉……

在柯佑的带领下，后港、溪南、梁山、乌山等地的党支部皆被保安团一窝端了。

溪南村党支部书记柯志因外出，没有被抓住。他回村后知晓是柯佑带人来剿共的。

他不由得叹了口气道：兄弟反目的时候终于到了。没想到柯佐的兄弟柯佑会反水，当了叛徒，这让柯佐左右为难啊。

柯志马上到了靖和浦革命基地车本村，找到柯佐，告诉他兄长柯佑叛变的事。

柯佐不相信，柯志身边的一个人说：这是我亲眼看到的，柯佑穿着保安服，听说当了副大队长呢。

柯佐听了，头一下子嗡嗡地大起来，他跌坐在椅子上，双手托着头。

柯志说：关系到你的兄弟，所以你必须做出决断，不然，根据地的全部党支部会被破坏的，革命的力量损失可就惨重了。

柯佐点了点头，闭着眼。

这时门口传来了哭喊声，柯佐睁开眼睛，站起来，正要询问，门外进来了一个红军战士，报告说是红军家属来上诉。

门外，哭喊的人进来了，柯佐一看，原来是吴庭坚和张太西的妻子。

柯佐拉她们坐下，两人拉着柯佐的手哭着把事情经过又说了一遍，要求红三团为她们报仇雪恨。

柯佐安慰她们，他气愤地拍着桌子道：除奸，保存革命的火种。

柯佐站起来，从衣袋里掏出一张相片，他举起来，瞄着相片里兄弟的合影，兄弟俩笑得如此开心。他放下相片，用手轻轻地抚了一抚。拿起剪刀，把兄弟俩的合影剪开。

他把相片交给柯志，说：凭相片除奸，我派两个神枪手配合你的行动。

限于反革命力量的猖狂，柯志与另外两个红三团战士装扮成农民，进县城打听柯佑的住处，经地下交通员得来的信息，柯佑吃住都在保安队里，不敢单独行动，也不敢回家。这就给除奸行动带来难度，没办法的办法就是等待。

他们三个人就装扮成小贩，戴上斗笠，到保安队门口对面的墟场卖菜，一连蹲了十几天，也没见柯佑出门。柯志对战士说：我们晚上来蹲守看看，他们选择了对着保安队大门的两处楼房，于是等到天黑，就偷偷上楼，在阳台上蹲守。

大约吃过晚饭时间，柯佑从保安队的二楼东边房间走出来，下到底楼，进了保安队长室，然后就没有出来了。看来这叛徒还是很害怕红三团的报复行动，所以不敢出来。

柯志找到柯佐，道：柯佑藏在保安队里不出来，我们等了半个月了，连一个机会也没有，你看，是不是用其他的办法，引他出来，设埋伏杀他。

柯佐说：这办法也好，关键是要他出来，最好的设伏点要选在哪里，他才会相信，会出来。

柯志说：现在各地党支部都受到破坏，红三团主要力量也北上抗日去了，我们留下来的力量较弱，他们为所欲为，不怕我们。我们就在溪南村清泉岩设伏，派人去告密，说是在清泉寺发现十几个红军在开会。让他们马上来围剿。

柯佐端起茶喝了一口，道：这办法可行，马上派个人去告密。

柯佐就派一个地下党交通员前去告密，柯佑接到告密，对保安队长朱砂说：队长，这会不会是他们的诡计，借机会要杀我。我们是不是派个人去侦察一下。

朱砂道：你说的有道理，我们要小心谨慎，派个人去侦察一下，如果属实，我们再出兵围剿不迟。

于是，朱砂就派两个保安队员前往侦察。这两个保安队员到了清泉岩下，红三团侦察员报告柯佐，柯佐马上布置大家进寺庙开会。两个保安队员到了寺门口，听到里面有很多人在说话，又走到窗门探了探，看到有些人穿着红三团的军装，确定是红三团，急忙溜走，到县城报告。

朱砂得到报告，就带着保安队七十多人快跑前往六公里处的清泉岩围剿红三团。

保安队进入了红三团的包围圈，红三团战士一看到柯佑出现，纷纷开枪，走在柯佑前面的保安队员一下子倒下了五六个，柯佑一听到枪响，急忙趴倒在地，匍匐前进，找到一个大石头，躲在后面。

战斗打得很激烈，保安队仗着人多的优势，毫无后退的思想。

由于敌强我弱，红三团战士打了一会儿，看无法消灭柯佑，柯佐就下令撤兵了。

保安团一直往前冲，打进寺里，但没找到红三团战士。

保安团空手而归，柯佑对朱砂说：队长，我看红三团这次设埋伏是要杀我，还好我命大，前面有五六个保安队员为我挡枪子，不然我就没命了，以后这种事，我们还是要小心为好。

朱砂笑道：你命大得很，不会死的，我们知道了敌情，不去围剿，上峰要是怪罪下来，你我是吃不了兜着走，以后你多长几个心眼儿就是了。

这次的打草惊蛇，使得柯佑更是不敢出门了，他整天待在保安队里，和朱砂摸牌，吃酒。

柯志和柯佐再次商量除奸，柯志道：我们已经打草惊蛇了，他不会再出来了，最好的办法是，我们装着不在意，派个人长期盯下去，等到他一出动，就出兵灭了他。

柯佑想了想，道：你的办法好，让他好了伤疤忘了疼。他的警惕性如果没了，我们要杀他或者抓他就容易了。

于是，红三团就派一个人去盯住保安队。两个月后，柯佑的女儿来找柯佑，说是她妈妈病了，要爸爸回家一趟。

柯佑想起自己已经有好几个月没有回家了，不由得有点儿心动，想回家一趟，看看家人。可是他又怕遇上红三团。于是他就让女儿先回家，决定等到天黑，再回家一趟。

天黑了，柯佑挑了10个身强力壮的保安队员，在月上树梢时回家。

大约半个时辰，柯佑回到溪南，他一进村，村里的狗全都叫起来了。柯佑吓了一跳。可又细想，自己带来这么多的人，村里的狗闻到陌生人的味道，肯定要吠的。

他也就不在意。走到家门前，推开门，走进去，又转身关上门。10个保安队员守在门口。

柯佑叫道：囡囡，爸爸回来了。

没有应答。

柯佑又叫道：珍珍，我回来了。

没有应答。

柯佑心里一慌，慌忙去拔手枪。

可是腰里的手枪已经被另一只手给拔去了，随之从后面出现两个人，把他的手给反背到后面。

他大声叫道：保安队，救我。

门外传来了撞门声，随后又传来了一阵枪声，过了一会儿，门外的枪声没了，柯佑被五花大绑起来。

柯佑被推着出了门，他看到门口横七竖八地躺着十个保安队员的尸体。他绝望地叫道：你们是谁，凭什么抓我。

抓他的人道：你这个叛徒，还不知道抓你的是谁?

柯佑道：我要见柯佐。

抓他的人说：等上了山，你们就能见面了。

柯佑被蒙上眼睛，经过梁山，到了靖和浦根据地中心基点石榴车本村。柯佑被拿开黑布，他发现自己在一间屋子里，门关着，门外有两个站岗的人。

柯佑喊道：我要见柯佐，我要见柯佐。

没有人回答他。他只得坐在靠墙的一张木床上，挣扎着要把身上的绳子打开，但没有成功。他只得躺下睡觉，走了一夜的山路，他累了，一躺下就睡着了。

他看到许多红三团的战士，浑身是血向他走过来，叫道：柯佑，拿命来。

柯佑吓得醒了，他往外看，天亮了，外面都是雾，他不知道自己被带到哪里，只得翻了个身，又睡了过去。

开门声传来，有人打开门，走进来，叫道：起来，吃饭。

柯佑叫道：绑着我怎么吃饭。

从门外又走进一个红三团战士，拿着一副脚镣，给他戴上，然后松开了绑在他身上的绳索。

柯佑端起饭，吃了起来，原来吃的是地瓜饭，满碗五分之四是地瓜，五分之一才是米，这是他久违的食物，他感到很好吃。近几个月来，他大鱼大肉地吃个不停，从没想到自己会再吃到这地瓜饭。

柯佐吃完饭，被押着走出门，一出门，他看到周围连绵的大山，他知道自己来到了车本村，来到了红三团的中心区。

柯佑被押进了另一间屋子，屋子里坐着两个穿着整齐的红三团干部。一高一矮，高的人道：“柯佑，你罪大恶极，你认罪吗?”

柯佑道：“我这样做是为了救我的母亲与妹妹。不然她们就被保安团给强奸给杀死了。”

矮的说:“你不能因此给自己找借口，你背叛了党，背叛了革命，你把你做的血案一件件地如实招来吧。”

高的人说:“你兄弟因为你，被隔离审查了，他泥菩萨过河，自身难保了。”

矮的人说:“带他出去看看。两个红三团战士带他去了另一间屋子，他看到了兄弟柯佐被关在里面。柯佑绝望地闭上了眼睛，他知道这回真的死定了，叛变革命，当了胆小鬼，这本来是他所不齿的，可如今自己却一下子成了叛徒。”

柯佑被押回屋子，他坐在椅子上，闭着眼，一会儿睁开。大声道:“我的叛变与我兄弟没有关系，我纯粹是因为我母亲与妹妹被捉，保安团要强奸她们，我为了救她们，所以就答应了保安团的条件，带着他们去铲除党支部。”

高的人说:“很好，你认罪态度好，我们不牵连你的家人，那你把你所犯的罪行如实交代，我们会秉公办事，不牵涉无辜。”

柯佑道:“你们说话算数，不牵连我的兄弟?”

高的人说:“若你兄弟与此事无关，我们自然会还他一个清白的，我们现在不是代表红三团和县委，我们代表的是省委。”

柯佑心想:原来自己的事已经惊动省委，怪不得自己一回家就被逮个正着。那我必定是死定了，我可不能死了拉个垫背的，我得把我无辜的兄弟留下，手心手背都是肉啊，让他替我尽孝，赡养父母，还有我的妻子儿女。

想到这，柯佑道:“我招供。”

于是，他就把近来发生在靖和浦根据地和梁山根据地的围剿罪行逐一交代清楚。柯佑一共犯下了十桩血案，带领保安队和正规军共剿灭了10个党支部，杀死红三团战士和党员共计58人。

矮的人把柯佑的罪行记录在案，记完，他冷冷地说:“你署个名，捺个拇指印吧。”

矮的人从桌子上站起来，打开印泥，柯佑走过去，在他指定的地方按上拇指印。

高的人说："你认罪态度很好，我们会如实向省委反映的。你就好好地待着吧。"

柯佑被押出了屋子。

案件被上报省委，省委委托柯志批复：柯佑罪大恶极，几乎使得靖和浦根据地和梁山根据地的党支部处于瘫痪状态，因此，判处柯佑死刑，立即执行。

柯志向柯佐传达了省委的决定，并要求柯佐主持宣判大会，宣布处决柯佑。

柯佐说："我们是亲兄弟，这样做是不是太没有人道了。"

柯志说："省委本来也是基于这样的考虑，但是省委又说，基于这是革命非常时期，为了表明柯佐同志是个忠诚的无产阶级革命战士，柯佐同志必须主持宣判大会，并亲自宣判，以免留下不良影响，影响柯佐同志在党内的威信。"

柯佐听了柯志的话后，伤心地说："叔，手心手背都是肉啊，兄弟情深，你让我怎么开得了这个口啊。"

柯志道："这是人之常情，我也很伤心。但是你不这样做，别人就认为你是在袒护，以后你说得清吗？我陪你主持，我们只能以铁石心肠来对待这件事。"

柯佐托人告诉母亲与兄嫂省委的决定。第二天，母亲与兄嫂带着孩子们来了。柯佐的母亲进门就大哭起来，兄嫂也随着哭起来，柯志在旁安慰她们，并给他们传达了省委的指示。

柯佐把母亲与兄嫂珍珍拉着坐在椅子上，然后，扑通跪下。抬起头说："母亲、兄嫂，我对不起你们，我没有办法救兄长，也不能救兄长。"

母亲说："柯佑这死婴，做了太多的恶事，应该死，我不会怨你的。

你起来，你是共产党的大干部，怎么说跪下就跪下呢，男儿膝下有黄金啊。”

柯佐道：“母亲，我这一跪，是向你和兄嫂谢罪的，我对不起你们，因为我是共产党的干部，所以我要忠于党，所以我没办法尽孝啊！兄长破坏了全靖和浦根据地的大多数党支部啊！这罪是杀一千次也不为过啊。”

兄嫂珍珍哭着说：“细叔啊，我理解你的心情，你起来吧，别跪了，我受不起。”说完，珍珍站起来，扶起了柯佐。

柯志道：“柯佐很伤心，我是柯佑的叔叔，我也是吃不下睡不着啊，但是没办法，国有国法，家有家规，柯佑的罪行是任何人也无法担保的，单就他带人杀害漳州中心县委书记张太西和县长吴庭坚一案就足够砍他的头了。又把全县的大多数党支部给破坏了。这就罪孽深重了。”

柯母说：“我们去看一看他吧，算是给他送个行。”

柯佐说：“你们去吧，我是多看他一次，就多一次的伤心。”

柯志就陪着柯母和珍珍去探望柯佑。柯佑见母亲和妻子珍珍带着儿子和女儿来了，从床上爬起来。房门打开了，柯母见到大儿子柯佑，张口骂道：“柯佑啊，枉费我养你这么多年，给你娶了妻，你也当了爸爸，你怎么连最起码的道德你都不懂啊，你做的恶事太多，你兄弟是救不了你的，你不能怪你兄弟啊！”

柯佑流着泪说：“母亲，孩子知错了，一失足成千古恨啊。”

柯母见柯佑流泪了，自己也抽泣起来，抚着柯佑的头道：“要知道，当初我们被抓时，我就和你妹妹一头撞死了一了百了，省得你替我们去死啊。你这孩子，骨头不够硬啊！”

柯佑转过身，把儿子和女儿揽到身边，对他们说：“孩儿，爸爸从此以后不能在你们身边，你们要听妈妈和奶奶的话，有什么事解决不了的，要找你们的叔叔柯佐。”

两个孩子哭着抱住了柯佑，大喊道：“爸爸，你不要离开我们，我们爱你。”

柯佑抚摩着孩子们的头，任由泪流个不停。

柯佐站在窗前，看着屋内的情景，自己也偷偷地抽泣起来。

柯志见大家只顾着哭，就红着眼睛说：“好了，见个面就行了，都别伤心了，没完没了的，走吧。”

柯志牵着两个孩子，两个红军战士把柯母和珍珍也扶出了门。珍珍转过头，哀怨地看着柯佑。

柯佑含着泪看着珍珍……

临刑前一晚，柯佐特地来探望柯佑，给他带来了酒肉。他把酒菜摆上桌，把酒杯斟上酒，举起酒杯，说：兄弟无力救你，你做恶太多，你不可怨我。柯佑端起酒杯，和柯佐碰了一下，道：“我不怨你，只怨我立场不够坚定，不该留在漳浦，应该远走高飞。”

柯佐又斟上酒，道：“兄长，我敬你三杯，这三杯是感谢你带我走上革命道路，感谢你让我无后顾之忧地走革命道路。”

柯佐说完，连干了三杯酒。空腹连喝了四大杯酒，柯佐的头有点儿晕。

柯佑为他斟上酒，道：“我是叛徒，你是共产党，但是我们是兄弟，这是谁也不能否认的。即使我死了，我们也曾经是兄弟。兄弟临死之前，把妻儿老小都托付给你了，若你能照顾好他们，我也就无怨无悔了，我也敬你三大杯。”

讲毕，柯佑端起酒，咕噜，咕噜，咕噜，三大杯酒落入了柯佑的肚里，柯佑仿佛觉得自己是个英雄了，他有了当英雄的壮举。

那晚兄弟俩全喝醉了，喝醉了，一起趴在桌子旁打起了呼噜。窗外的那轮明月，静静地用爱抚摩着他们，为兄弟的团圆而高兴，而伤心。

第二天，柯佐穿戴整齐，红军帽戴得端正。他迈着坚定的步伐走上主席台。他在台上站定，往台下扫视了一圈。操场上顿时寂静了下来。

柯志主持会议，柯志宣读了柯佑的罪行，一条条地罗列下来，让群众听之切齿。

柯佑站在那，低着头。当柯志宣布完罪行后，他抬起头，看了一眼坐在台上的柯佐，柯佐低着头。

柯志道：“现在，由红三团副团长柯佐宣布柯佑叛徒案的审判结果。”

柯佐站起来，拿着审判书，审判书在颤抖。良久，柯佐颤着声大声道：现在我宣布省委决定，经审判，判处柯佑死刑，立即执行。

柯佐说完，用红笔勾了枪毙令，转过头去，用手捂着嘴，向幕后快步走去。

柯佑喊道：“照顾好老小……”

操场边，传来了三声枪响，柯佐没有回头，木木地站着，像一棵青松。随之，又脚步深重地向后面走去……

立魂

一缕阳光从殿门射进来，黄道周瘦削的身子一半浸在阳光中，一半隐在殿里的阴暗里。

黄道周听了郑芝龙不肯北上抗清的话，浑身一阵燥热，从队列中走出，拱手向隆武皇帝奏事。

南明隆武皇帝愣了一下，黄道周行完礼，站起，拱手道："皇上，臣为首辅，但见今日国事艰难，若不北上抗清，死守福建，则国危矣。郑平侯拥兵据守福建，不北上抗清，臣欲自募兵北上。"

隆武皇帝点点头道："爱卿言之有理。郑芝龙和郑成功父子意见相左，郑成功是你学生，他赞成你北上抗清，朕也支持你。"

黄道周得到隆武皇帝的旨意，遂高举"抗清复明"大旗，募兵近万人，北出福建崇安分水关抗清。

临行前，郑成功来送行。黄道周道："我与你父亲政见不同，但皆是为了大明，你父亲有降清之念，你可要有思想准备，清人会对郑家下毒手，你要力劝你父亲不可投降。并做好向厦门、泉州、漳州、台湾驻兵的准备，收复台湾，赶走红毛番。"

郑成功拱手道："谢恩师指点，我铭记在心。"

黄道周与郑成功辞别，满怀信心地率领他的义军，兵分三路，北上抗击清军。1652年，南明隆武二年，内无粮草，外无援兵的黄道周义军被三路清兵包围，在信州童家访明堂里被降清总兵张天禄俘获。

在被押送金陵的途中，黄道周绝食十四天，随同他一起被俘的有四君子蔡春溶、赖继谨、赵士超、毛玉洁，他们四人决心随老师赴大义，蔡春溶说：“老师，不要绝食，我们要积极地跟清兵抗战。”

黄道周摇摇头，说：“我生为明臣，死为明鬼，要以死尽忠隆武皇帝。”弟子们没办法，只得在背后为老师伤心。

黄道周一行五人被押解到南京。

南京天字狱，黄道周被关在牢中。四周静悄悄的，没有一点儿杂音，黄道周闭着眼睛，在思索着如何与清廷抗争。

一个身穿一品补服的官员迈着四方步走进来。此人见黄道周骨瘦如柴，不由得很怜惜，他上前作揖道：“黄阁老，你何必这样苦自己呢，你归顺了大清，封官晋爵，食万户，有美女相伴，日子可以过得逍遥自在，会受万人敬仰，那不是很爽快吗？”

黄道周听声音很熟悉，心里一惊，打了个问号，难道他没死？不可能，不可能。

黄道周闭着眼睛问道：“你是何人？”

洪承畴拱手道：“我是你的同乡好友洪承畴。”

黄道周心里叹了一声，果然是这贪慕荣华富贵的人，他竟然投降了！黄道周想到这，不由怨气冲天。他大喊道：“鬼，来人啊，打鬼啊！”

洪承畴尴尬地说：“不要喊了，我真的是洪承畴，没死。”

黄道周道：“我大明朝忠臣洪承畴已经在辽东松山战役中为国捐躯，我大明崇祯皇帝为他举行国祭大礼，你不是鬼，怎么在此胡说。”

洪承畴道：“你睁开眼睛看一看。”

黄道周眯着眼看了一眼洪承畴，见他穿戴整齐，心里更是愤慨。

洪承畴道：“阁老，你我是老乡，你看我现在志得意满，让人尊敬，你若与我同僚，定会封侯拜相，位极人臣，在我之上啊！”

黄道周冷笑说：“史笔留芳，虽未成名终可法。皇恩浩荡，不思报国反成仇。”

洪承畴摇了摇头，道：“你骂我，我不与你计较，但你这样一个名满天下的人被砍了头，真是可惜啊！历史是成功者书写的，你死了，怎么知道清朝会让你留芳呢？”

黄道周又闭上眼睛，大喊：“来人啊，打鬼啊！”

一个胖狱卒走来，隔着门喊道：“白日哪来的鬼，别喊了，那是洪大人。”

黄道周道：“那是鬼，洪大人已经死了，这是他的鬼魂化的。”

胖狱卒哭笑不得，道：“你再喊，就封了你的嘴。”

洪承畴摆了摆手，气得满面通红，拂袖而去。

洪承畴走了，黄道周舒了一口气，他闭上眼睛又睡觉。

不知过了多久。有人在呼唤他，那是个女子的声音，随之一缕清香钻进黄道周的鼻孔，好香的味道啊！黄道周深吸了一口气，睁开眼睛一看，眼前站着一个丰腴的少妇。

那少妇微笑地看着他，黄道周很惊讶。

少妇轻启朱唇，道：“恩公，我来探望你了，你可好啊！”

黄道周眯着眼道：“你是谁？”

少妇道：“我是江南女子顾眉，恩公忘了我了。”

黄道周点了点头道：“你变了，由苗条变丰腴了，我认不出来了。”

顾眉伤感地说：“恩公，一晃也是十几年过去了，想当年，你我都还年轻，是你的一席话，让我坚定了从良嫁人的决心。我从良后嫁给一个小官吏，小日子过得很舒心，也有了自已的孩子。上个月，你从杭州经过，我听说了，本来要来探望你，但进不来，现在可好了，我被押解着来看你了。”

黄道周苦笑道：“你也如洪承畴一样来当说客，没有人能让我改变忠于明朝的决心，我生是明朝人，死是明朝鬼啊。”

顾眉叹口气道：“恩公，我不是来当说客的，我是乘此良机来探望你的，你我十几年未见，恩公对我有再生之德，我怎么能够不来探望你呢。恩公忠君报国之心，小女子顾眉也有啊，我对我的夫君说，若是他能奋起抗清，为国捐躯，则我将陪伴他去死，但我夫君没有志气，没有你这样的胆量，我也就不勉强他了。恩公为保大明，我支持你。若是有朝一日，恩公为国捐躯，小女子也必当陪伴恩公而去，以谢恩公救赎之恩。”

黄道周道：“你没有必要这么做，我是朝廷的人，当做如此了断，而你是平民百姓，你的小日子过得很幸福，还是好好相夫教子吧。”

顾眉道：“我自从良那天起，就下定决心，若是有一天恩公遇难，我将以身谢恩公，报答恩公之情。”

黄道周道：“你的心思我理解，但没有必要为我做无谓的牺牲，你若那样，我泉下有知，心里会不安的。”

顾眉道：“恩公爱国忠君、不屈不挠的精神让人佩服，大丈夫应贫贱不能移，富贵不能淫，威武不能屈，此是先生一生的追求，也是小女子心中应有的志气！”

黄道周叹了口气，顾眉又说：“先生是否记得十几年前跟我说过的话？”

黄道周道：“年纪大了，记不起来了。”

顾眉耳边想起了黄道周的话：“我不是随便之人，不可与你同床共寝，天下很多好男人是不来妓院的，好男人都怀有家国的责任心，绝不是随便之人。做人当有自尊，一个没有自尊的人是得不到别人尊重的。”顾眉想到这里，缓缓地说给黄道周听，像是在叙述一个遥远的故事似的。

黄道周笑道：“我忘了自己说过这样的话，没想到你倒记得牢牢的。”

顾眉道：“我是一辈子也忘不了的。”

黄道周道：“好了，你走吧。”

顾眉站起来道：“恩公，我不会走远的，你有事唤我。”说着行了一个万福，走出狱门。

蔡春溶戴着镣铐走了进来，他给黄道周端来了米粥，道：“姐夫，喝点明粥吧。”

黄道周一愣，随即点了点头，问道:“逆贼没有对你们用刑吧?”

蔡春溶道:“没有，我们可自由走动，他们的条件是要我们四人服侍好你，劝你降清。”

黄道周道:“这最后的劝降已经结束了，色权的诱惑都用完了，他们没招了。”

正说着，赵士超、赖继谨、毛玉洁也拖着镣铐走进来。他们向老师行礼。

黄道周道:“看来我们赴国难的日子就要到了，害怕吗?若是害怕，人各有志，值此乱世之际，你们有权选择自己的人生之路，我不会强迫你们的，人最重要的是要活得有尊严，有骨气。”

四人同声回答:“我们愿与先生一起为国捐躯，绝不后悔，也不害怕。”

黄道周站起来，拉着四人的手，五人紧紧地把手握在一起。

黄道周道:“威武不屈，真丈夫也。”

赵士超道:“这是先生给我们上的儒学课中最精彩的一课。”

黄道周道:“我要给家人留几句话。”

赵士超研起墨来，蔡春溶找纸。

黄道周道:“不用找，用布写。”说完，从衣服上撕下一块布来。

赵士超研完墨，黄道周举笔，略作沉思，遂写下了:“纲常万古，节义千秋，天地知我，家人无忧。”

黄道周刚写完字，一个瘦瘦的狱卒从门外进来，提进一食盒，摆在桌子上，端出一盘盘的菜，摆上了一壶酒。

黄道周道:“断头酒送来了，你我师生，刚好团聚，就此痛饮一番，以表欢欣。”

瘦狱卒道:“没想到先生如此快乐达观。”

蔡春溶道:“先生死都不怕，奈何以死惧之。”

五人举杯相庆，喝完酒。黄道周道:“对了，我还欠冯梦龙一幅画，我答应赠他的，快找纸来。”

瘦狱卒道：“我给先生拿去。”瘦狱卒拿来宣纸，黄道周泼墨作画，他画了一幅长松怪石图，作完署名，加盖朱印。

黄道周又写下了“抗清复明”四字。署名，加盖朱印。

黄道周抬起头，对瘦狱卒道：“请唤我的仆人黄忠。”

黄忠进来，黄道周道：“此画是我许诺苏州府长洲人冯梦龙的，他送他的‘三言’书给我，我因忙于战事，一直没有机会回赠，你必定要送到，以表我之谢意。这字幅是要送给国姓爷郑成功的，以勉励他抗清之志，你也要亲自送到。”

黄忠点头应诺。

做完这一切，黄道周与四个弟子道别，安然入梦。

第二天，黄道周从容地梳洗上路。清兵前拥后随，黄道周边走边问有没有到达孝陵。

清兵问他要干吗，黄道周告诉他们，孝陵是太祖洪武皇帝的陵墓，他要在附近赴国难。走到东华门时，黄道周又问清兵，清兵告诉他，这里离孝陵最近了。

黄道周一听大喜，停下脚步，整了整衣冠，行三跪九叩之礼。拜毕，对清兵说：“我不走了，报告你们的长官，就在这里行刑吧。”

说完，黄道周就地坐下。

清兵见状，忙向监斩官洪承畴禀报。洪承畴道：“好吧，给他个面子，原地设置刑场。”

黄道周坐在地上，他想起了自己家乡漳浦县铜山所，想起了深井村旁的关帝庙，关帝庙里，自己题写的楹联：数定三分，扶炎汉，平吴削魏，辛苦倍常，未了一生事业；志存一统，佐熙明，降魔伏虏，威灵丕振，只完当日精忠。这长联，上联概括了武圣关羽一生的业绩，下联勉励世人要弘扬关帝的民族气节和义勇精神，抵御外来侵略，维护国家统一。这对联其实也是自己现在的写照啊，黄道周想到这儿，不由得闭了闭眼睛，擦了擦脸，他深陷的眼睛顿时神采奕奕，他仿佛看到关羽骑着赤兔马，提着大刀，奔驰于战场之中。

刑场布置好了，黄道周被带到监斩官面前，洪承畴坐在案桌前，拱手对黄道周道："黄阁老，我朝皇帝体恤人才，若你现在知难而退，与我一起为大清招揽人才，则你依然高官厚禄，位极人臣。"

黄道周冷笑道："我不学洪承畴，是非不分，黑白不分。"

洪承畴气得吹胡子瞪眼，把惊堂木狠命一拍，道："黄道周，你太过分了，死期已到，还敢嘴硬。明朝皇帝对你并不好，也没有恩情在你身上，你何必这样死心眼儿呢。"

黄道周道："我这是宁可君王负我，不让我负君王。我黄道周头不戴清天，脚不踏清地。你给我一条草席，一顶斗笠吧。"

洪承畴让士卒拿来草席和斗笠，黄道周把草席放在地上，站上去，把斗笠戴在头上。他站直身子，看着远方，想起自己的学生郑成功，想起自己北上抗清前与他的一席话，南下厦漳泉，挥师收复台湾，赶走红毛番，建立抗清基地，不知郑成功做得如何……

黄道周正在浮想联翩之时，一个女子的声音传来，女子大哭着走进刑场，清兵挡住，喊道："干什么的。"

女子道："军爷，我要祭黄阁老。"

清兵道："不行。"

洪承畴挥手："让她祭吧。"

士兵退了一步："快点。"

女子走到黄道周面前，白衣素服，黄道周睁眼细看，原来是顾眉。

"我不是让你回家了吗，你怎么还在应天府（南京）？"

顾眉道："恩公啊，我来给你壮行啊，你就要上路了，我怎么忍心回杭州呢。"

说完，斟酒，递给黄道周，黄道周接过酒杯，顾眉道："大人，这杯酒小女子给你壮行了，为您的节义、为您的爱国、为您的忠诚与孝义。”

黄道周一仰脖子，把酒干了。

顾眉又斟酒，递给黄道周，道：“为您的勇敢，再干一杯。”

黄道周干杯。顾眉又斟第三杯酒，斟完道：“恩公，这杯是小女子的谢恩酒，没有您，就没有小女子的再生之福。”

黄道周接过酒杯，一饮而尽，道：“你要好好珍惜现在的生活，幸福地活下去。”

顾眉道：“小女子将生生世世追随恩公。”

“万万不可，我福浅，承受不起。”

突然，一声大呼：“午时三刻到！”

顾眉哭泣着退下刑场。

忽儿，一股怪风吹了过来，整个天黑将下来，随之电闪雷鸣，刽子手倒吸了口冷气，提起大刀，颤抖道：“你我今日无怨，我也是被逼的，你走了，不可怨我。”

黄道周看着刽子手，哈哈大笑道：“纲常万古，节义千秋，天地知我，家人无忧。哪有畏死的黄道周？”

“行——刑。”洪承畴喊完，背过身去，闭上眼睛，叹了口气。突然黄道周感到有一把刀照着自己的脖子滑过，血喷涌而出。

刽子手听到命令，倒退一步，挥起大刀，刀起头落，一股鲜血喷向半空。整个天空顿时被鲜血染红了，黄道周身子兀立不倒，在血红中笔直地挺立着……

这时，蔡春溶等四君子押到，他们被押往另一个刑场行刑。四人见黄道周的尸体兀立不倒，遂奔跑过去，抱住黄道周的尸体，大哭道：“先生啊，您等等我们吧。”

士卒上前，要拉开他们，蔡春溶道：“我们不走了，我们要随先生而去。”

四人遂坐下不走。

洪承畴见状，转过头道："成全他们！"

刽子手上前，如切菜般，把四个人的头都砍下了，四股鲜血直冲向半空，与黄道周的鲜血一起，把整个蓝天染成鲜红。

围观民众大呼："黄——阁——老。"

顾眉着白衣素服走上刑台，她抱起黄道周的尸首，见黄道周双目圆睁，她抚了一下，不闭，再抚，还是不闭。

顾眉道："恩公啊，我知道你不甘愿，后人会继承你的志愿，把'抗清复明'的大业进行到底的。"顾眉轻轻地说完这话，又抚黄道周双眼，黄道周双眼才闭上。黄道周的头颅从顾眉的手上飞起来，自然地跑到黄道周站立的身子上，接在脖子上。

顾眉拿出一条白丝巾，系在黄道周的脖子上。

做完这一切，顾眉站起来，向着黄道周的尸体四叩拜。拜完，她掏出一把剪刀，大声道："恩公，我生是你的人，死是你的鬼，我报答你的恩情来了！"

顾眉高举剪刀，用力向着自己的胸部插下去。血流如注，鲜血染红了她的素服，她慢慢地倒下去。

黄道周尸体依然挺立着，在场的人都惊呆了，他们个个张着嘴巴看着眼前这超乎想象的一幕。

士卒要把黄道周的尸体弄倒换上大清官服，但是怎么用力也扳不倒。他们遂手忙脚乱地脱下黄道周的外袍，外袍衣袖黑乎乎的，翻开一看，衣袖上写着几个大字："大明孤臣黄道周。"

蔗林烧倭

救命，救命啊！

东莞虎门港口附近的甘蔗林，一个青年女子的呼救声很急切。县令林功懋之子，少年林士宏正带着童仆林忠在此练剑。林士宏听到呼救声，收剑对林忠说：阿忠，有人在喊救命，我们去看看，是不是倭寇又上岸来了。

林忠反提一把大刀，听到了呼叫声，他道：像是从东边的甘蔗林里传出来的。我们赶快去救她吧。

林士宏握着宝剑，与林忠一前一后向东边甘蔗林跑去。到了甘蔗林，他们循声跑进林中，声音在不远处停下了。林士宏看到两个身材矮胖的人，剃着奇形怪状的头发，穿着灰黑色的衣服，正背对着他们在调戏一个青年女子，一个矮个子捉住女子的双手，另一个较高的脱下女子的上衣，又扯下女子的裙子，正欲行事。

林士宏大声喊道：贼人住手。

两个倭寇转身一看，见两人拿着刀剑来救。他们赤手空拳，慌忙放开女子，调头寻找自己的武器。林士宏挺剑向前，直刺高个子倭寇，高个子倭寇慌忙闪开，调头就跑。

林忠也快刀刺向矮个子倭寇，矮个子倭寇见高个子掉头逃跑，他闪过林忠的刀，调头也向甘蔗林深处跑去。

林士宏见倭寇跑了，对追倭寇的林忠喊道：别追了。

林忠转身跑回来，林士宏对倒在地上的女子说：起来吧，把衣服穿好，我们送你回家。

青年女子从地上爬起来，穿好了衣服，来到林士宏面前，跪下道：感谢公子救命之恩，敢问公子尊姓大名，容女子日后报恩情。

林士宏刚要开口答话。林忠已抢过话头说：我家少爷是县太爷的公子。

林士宏道：林忠，就你多嘴。林忠正要再说，见少爷责怪，就闭住嘴。

青年女子一听，又叩了一个头说：有好的父亲就有好的儿子，小女子谢过林公子。

林士宏道：你起来吧，我们送你，赶紧回家。等会儿倭寇又来，我们都走不掉的。

他们走上大道，县衙的两个衙役提刀找来，见到林士宏，拱手道：林公子，县太爷请你回府，有要事交代。

林士宏道：你们两人把这女子送回家，我立刻回府。

林士宏与林忠骑上马，奔驰回县衙。

县令林功懋正与属下议事，见林士宏回衙，林功懋招手道：士宏，有件事要你去办。

林士宏道：父亲大人，请您吩咐。

林功懋拿出一封信，道：这是县里的官文，倭寇来犯，县里人手不足，驿路又不畅，找不到合适的人当信使，我思来想去，你去最适合，你带上林忠，快马前往漳浦县，向戚继光将军请求救援。

林士宏领命而去，他带着林忠快马加鞭，来到漳浦县，拜见戚继光，把父亲林功懋的求援信呈上，戚继光看了后，立马升帐召集所有将军，商议此事。

经商议，戚继光决定亲自出马，带两千戚家军前往东莞抗倭，留一千军士在漳浦。

戚继光带领戚家军当日开拔，快马前往东莞。

第二日，戚家军抵达东莞。林士宏道：戚将军，已抵达东莞地界，您要入城到衙门见我父亲吗？

戚继光勒马缓辔，与林士宏并驾。戚继光问道：倭寇主要在哪儿上岸作乱？

林士宏道：主要在虎门和沙角，虎门为多，正常有上千人，并且虎口码头已经被倭寇占领；沙角较少，有二三百人，他们白天在岸上，晚上住码头，把码头给占了。

戚继光沉吟了良久，道：那我们不直接入城了，我有别的打算。你让林忠回去告知令尊大人，援兵已经抵达。我们原地休息，不入市镇，以免让倭寇知晓了，我要打他个措手不及。

林士宏回头让林忠先行到衙门报告。

戚继光下令全军下马，就地休息。戚继光召集副将，围坐在一起研究如何攻打倭寇。林士宏从怀中拿出一张手绘东莞地图，递给戚继光，戚继光大喜道：有这张地图，我们对东莞就了如指掌了。林公子，你说说虎门的情况吧，我们把虎门的大股倭寇吃掉，沙角的小股倭寇就兴不起风，作不起浪来了。

林士宏点点头道：戚将军所言极是。

林士宏详细地介绍了虎门的地理情况。戚继光听完，盯着地图，又问：你说虎门附近的田地种植什么？

林士宏答道：成片的甘蔗林。

距离虎门码头多远。戚继光追问道。

大约有三十里路。林士宏答道。

戚继光拍手道：好啊，有计策了。

众将抬头拿眼询问。

戚继光就着地图，把自己的计谋一说，林士宏拍手叫绝。

戚继光就依计布置了灭寇的计划。

一会儿，灭倭计划布置完成，各将依计行事。

再说虎门港口，已为倭寇所占，这日，倭寇哨兵来报，两条大路上有两家大户人家在娶亲，敲锣打鼓，非常热闹。

倭首小林作二一听，笑道：这些中国人，真不会挑日子，他们是在给和尚送媳妇。

倭人皆开怀淫笑。

小林作二问：有多少人?

哨兵道：每队都有一百多人，迎亲的队伍非常的壮观，排场很大，光女人每队就有几十个，看来是东莞的大富人。

小林作二道：很好，我们正愁没有女人呢。留二百人守虎门，其余军队皆出动，兵分两路，杀男人抢女人，谁抢到女人就是谁的。

倭寇兵分两路，每路人马四百人。

小林作二的倭兵快速在官道上奔跑，半个时辰后，他们就远远地听到锣鼓喧天，他兴奋地叫道：大家并力向前，谁抢到中国女人就归谁。

倭兵们听到这样的命令，都兴奋地号叫起来，他们快步向前奔跑。不一会儿，他们到达一队迎亲队伍前面，见一大队人披红着绿，抬着一顶大花轿，在官路上慢慢腾腾地走着。

很多女人跟在队伍的后面。

小林作二举起倭刀，喊道：杀男人，抢女人。

迎亲队伍看到倭寇来了，有人喊道：跑进甘蔗林。

一百多人的迎亲队伍扔下花轿和锣鼓，一个个跑进甘蔗林。

小林作二一看，几乎全是女人。

他兴奋地叫道：抢花姑娘，上啊!

倭兵们见人都往甘蔗林跑，也随着追了进去。

倭兵追进甘蔗林，追了一会儿，女人都不见了，只看到甘蔗林深处有女子的红衣服在飘动着。倭兵们以为花姑娘跑不动了，一个个兴奋地往前冲。

小林作二冲到前面，一看，原来是一些红衣服挂在甘蔗上，随风在左右飘扬，他扯下一件衣服，一闻，全是汗臭味。

小林作二叫道：中计了，全是男人扮演的，赶快后撤。

倭兵们慌了，急忙掉头向外跑。这时传来了半枯的甘蔗叶噼噼啪啪的燃烧声。火乘风势，甘蔗林立马成了一片火海，像一条条火龙，向倭兵们扑过来，倭兵们慌不择路，在甘蔗林里像被惊扰的马蜂一样窜来窜去，有的全身着火，被烧得号叫不已，有的被烧得在地上打滚。

小林作二喊道：砍甘蔗。

说完，他用倭刀砍着身边的甘蔗，一会儿，身边的甘蔗被砍倒一大片。倭兵们也学着他的样子，用刀砍甘蔗，一会儿，火烧不着他们了，但大部分的倭兵已被烧死了。留下的只是几十人。

小林作二满面黑灰，坐在地上，叹道：我们碰到了汉将戚继光了，这种战法，只有戚继光才会想到，我们在漳浦县就跟他较量过，看来是他带兵来救援东莞的，等会儿火小了，我们要四路分兵快速冲出去，跑回虎门驻地，不然，小命全没了。

小林作二站起来，看了看火势，道：差不多了，大家扯布蒙住脸，在湿地上滚一滚，把衣服弄湿了，准备冲击。

倭寇们全部倒地，在地上滚雪球似的滚了一遍，一个个身上全湿了，又扯下布，蒙住嘴巴。

小林作二叫道：冲出去！

小林作二提着倭刀冲在前头，甘蔗林的火似乎怕了他们似的，一点儿也没在他们身上燃烧。

再说明军等待倭寇全部跑进甘蔗林，扮演成女人的明兵跑出了甘蔗林后，就放火烧甘蔗林，半枯的甘蔗叶腾地一下全着火，顿时他们眼前就是一片火海了。戚家军军士们站在岸上，看着大片的火海，一个个高兴地议论着。

戚继光对林士宏说：这下，这些东洋鬼，都成了火鬼了。

林士宏说：戚将军真是高明啊，怪不得倭寇闻将军大名就怕得逃窜。

两人正在说着话。

一个士兵叫道：戚将军，东洋鬼没被烧死，跑出来了，分四路。

戚继光叫道：放箭。

倭寇的奔跑速度很快，当明兵拉弓射出第一支箭时，前面的倭寇被射倒了，后面的倭寇已经冲到明兵的前面，倭寇与明军厮杀在一起。

倭首小林作二，冲入明军中，他看到军中有战马，挺刀向前，刺倒牵马的明兵，抢过缰绳，跳上马匹，绝尘而去，其他倭兵全部被歼灭。

戚继光下令打扫战场，扑灭余火。当戚家军扑灭甘蔗林的大火时，另一路明军哨马来报，成功实施火攻，全歼第二路倭寇共计三百四十人。

两路明兵共歼灭倭寇七百五十人。

甘蔗林的倭寇被灭了，戚继光高兴地对林士宏道：首战告捷，我们要一鼓作气，把倭寇赶出虎门港口。

林士宏道：好，士气正旺，乘胜追击。

戚继光跳上马，下令戚家军追赶倭寇。

戚继光与林士宏提剑冲在前头。

戚家军冲到虎门港口，冲入虎门码头，没有遇到倭寇的抵抗，倭寇们已经下船，船只离岸有一箭之地。

戚继光见倭寇皆站在船上，就下令射箭。明兵站在码头上，向船上的倭寇射箭，但是海风大，虽离船只一箭之地，但箭却无法射到船上，半途箭像是被什么东西捉住头似的，箭头下沉，掉入海里。

戚继光看着倭船，下令停止射击。他让军士寻找船只，准备开船追击，但是军士一时间找不到船只。

林士宏道：码头的船只都让倭寇给毁了。

戚继光道：可惜了，让倭寇给逃了，他们会卷土重来的。

林士宏道：我们要全民皆兵，共敌倭寇。

戚继光道：林公子说得好，回府吧，准备出兵攻打沙角，所谓兵贵神速，我先派一千兵前往沙角，乘沙角倭寇不知我军来到东莞，出其不意地攻下沙角。你选派一得力向导，在前带路，今晚出奇兵拿下沙角码头，解除东莞的倭寇之忧，我们回府庆贺。

林士宏称赞道：戚将军真是运筹帷幄，决胜于千里之外啊，我让林忠当向导，他对东莞的地理位置非常的熟悉，特别是沙角一带，他经常去捕鱼和游泳，那里的一草一木，他熟稔于胸。

那好，就让林忠当向导，带领明军攻下沙角，我们回衙门。戚继光道。

戚继光命令副将带领一千戚家军前往沙角，快速攻击沙角。

戚继光领着另一千戚家军向县城前进，东莞县令林功懋敲锣打鼓迎接戚继光进衙门，杀猪宰牛庆祝胜利。

满城百姓抬着犒劳戚家军的物品，来到衙门庆贺，县衙门庭若市。林功懋拱手向戚继光庆贺。贺完入席喝酒，正在酒酣之时，林士宏提剑进门，他来到酒席主桌，拱手道：戚将军，沙角信使到。

沙角信使上前拱手报喜道：戚将军，戚家军顺利攻占沙角码头，歼灭倭寇一百人，余下的倭寇乘船逃往外海，我们无船追击。

信使报完喜报，只身走了出去。

戚继光举杯道：大家同喜，喝了这杯酒。

同桌的人举杯喝完酒。

戚继光见林士宏还站着，叫道：林公子，来，一起喝酒。

林士宏拱手道：戚将军，虎门码头来报，海上又来两艘大船，挂着倭旗，看来是倭寇要来报仇了。

戚继光点了点头，站起，举杯，大声喊道：将士们，乡绅们，倭寇又来了，请大家举杯，这酒我敬大家，我们要团结一心，共除倭寇，倭寇一日不除，民无宁日，驱除倭寇，共保东莞。

群情激奋，林功懋高声喊道：父老乡亲们，戚将军说得好啊！驱除倭寇，共保中华。

满座高呼，声音如雷，在每个人的心中震动着。

小女生星星娃

一

星星娃被同学们安了个外号，名字超级豪华，就叫“遗忘大王”。星星娃很不服气，但是没办法，因为她老是爱忘记东西，等到她想要用时，就满世界地瞎找，爸妈拿她没办法，老师同学也拿她没办法。她自己着急，不断地纠正，不断地再犯，就像“忘记”家里有好吃的东西似的，老是管不住自己要去拿。

这不，早上，星星娃吃完饭，就喊道：“爸爸，我的作业本在哪里？我找不到嘛。”爸爸说不知道嘛，自己要收好。星星娃又问妈妈，妈妈也像波斯猫一样地摇摇头。星星娃没办法，只好自己找，找了书包，没在书包里，找了书桌，没在书桌上，找了卧室，没在卧室里，找了窗台，这才发现，在窗台的最角落，作业本一个人躺在那里，咧开嘴，悠闲自得地看着她笑。

星星娃生气地说：“臭作业本，你怎么跑到这里来，害我找遍屋子。”

妈妈在外面喊道：“星星娃，快点，上学要迟到了。”

星星娃噘着嘴，从卧室里出来。把作业本放进书包。爸爸说：“你作业完成后，书要收好，上学才不会迟到。”

星星娃说：“我做完了，收在书包里，可是作业本自己跑到窗台去了，我有什么办法。”

“收好了，作业本又没长脚，怎么会跑呢，你要养成好习惯，不然，哪天回家的路都不认得了，把自己搞丢了。”妈妈缓缓地教她。

中午放学了，同学们陆陆续续地飞出教室走了。可是，星星娃还蹲在教室里，她在干吗？她在找自己的文具盒，文具盒跟她玩，不知藏到哪儿了。她找遍了整个教室，也没找到。星星娃急得亮晶晶的小豆豆一粒粒地落下来，她坐在椅子上，想：我的文具盒是不是会魔法，自己变身藏起来，故意跟我捉迷藏嘛。这么想着，她就觉得有趣，快乐起来了。

这时，门外传来了哒哒的脚步声，星星娃抬起头，惊讶地往教室外看，老师走进教室，看到星星娃一个人待在教室里，老师惊讶地问她。星星娃就把文具盒找不到的事告诉她。老师问她找了哪些地方，她说就差那傻傻的讲台没找。老师就帮她找，结果在讲台桌下面找到了调皮的文具盒。

老师说：“星星娃，以后要注意你的东西，不要乱放，你看，文具盒跑到讲台桌里，不会说话，让你急得满世界找，要是你这马虎的习惯不改，哪一天，你把自己丢了，都不知道怎么找回来啊。”

星星娃说：“老师，我知道错了，可是我记得很清楚，我没有拿文具盒到讲台桌下面，是不是文具盒会魔法，自己跑到那里，跟我玩起捉迷藏了。”

老师笑着抚了抚星星娃的头，说：“有可能，赶紧回家吧。”星星娃带着疑问，走回家，因为，今天妈妈上班，她家离学校近，就让她自己回家。

星星娃回到家，见妈妈正要出门，她就问妈妈要去哪儿？

妈妈说，见她还没回家，正要去找她。星星娃就把文具盒和她玩魔法，自个儿藏到讲台桌下的事跟妈妈说了一遍。

妈妈笑说：“一种可能是你自己玩得忘记了，把文具盒放到讲台桌下。还有一种可能是同学跟你开玩笑，把你的文具盒放到讲台桌下，忘记了跟你说。文具盒自己没长翅膀，是不会飞到讲台桌下的。”

星星娃恍然大悟，说：“妈妈，那可能是同学跟我开玩笑吧，可是谁跟我开玩笑呢？”星星娃想不起来。

下午，星星娃自己走着去上学，她一路想着妈妈的话，是谁跟她开玩笑，忘了告诉她，但她想破了脑袋也想不出来。到了班级，她就一个个地问同学。可是所有人都问遍了，没有人承认把她的文具盒藏起来。

星星娃想到妈妈说的第一句话，难道是我自己玩得忘了，把文具盒藏起来，为什么不会是文具盒自己会魔法，跟我玩捉迷藏呢，真的有可能嘛，那一定是。

上课了，星星娃还在想着这个问题，她把文具盒拿在手上，看着粉红色的文具盒，她想：下午，我就把你拿在手上，看你还会不会跑，会不会跟我捉迷藏。

语文老师在上面讲课，讲什么，星星娃一句话也没听进去，像是有棉花塞住了她的耳朵。下课了，星星娃尿急，匆匆忙忙地跑去上厕所，上完厕所，就跟同学玩老鹰捉小鸡，玩完一局，老师又上课，下课，又玩，又上课，接着，终于放学了，同学们像是放出笼的鸟儿，蹦蹦跳跳地跑出门。

星星娃妈妈有空，来接她，她兴奋地回家了。妈妈问她：“老师布置了哪些作业？”星星娃乐得又忘记了，就拨电话问同桌子明。

妈妈说：“星星娃，你今天怎么了，连老师布置的作业都不知道。”

星星娃就把自己在想文具盒的事告诉妈妈，妈妈说：“别想了，那一定是你自己把文具盒给玩忘了，好了，抓紧做作业。”

星星娃吃了一个香蕉，拿出作业本和数学课本，却找不到文具盒。

星星娃大叫：“妈妈，我的文具盒又丢了，太奇怪了，文具盒会飞啊，它又跟我玩魔法，我早上可是一直看着它啊。”

妈妈说：“家里有备用的笔，你拿去用吧，明天到学校再找。”

星星娃在心中留下一个大大的问号，听话地拿备用笔，做起作业来。

二

第二天早上，雾把路都塞满了，在路上没地方站的雾，被上学的孩子从脚下赶得跑出路，跑进学校，把学校空地都给占满了，星星娃神奇地喊叫：“好大的雾啊，像是一顶大白帽。把天也给装起来了，天藏起来了，太阳也藏起来了。”

星星娃兴奋地跑进教室，把书包塞进抽屉，就满教室地找自己的文具盒，同桌子明问她找什么，她说，文具盒会魔法飞走了，不知飞到哪儿去了。子明就帮她找，星星娃问了全班同学，没有人说看到她的粉红色文具盒。教室里找不到，星星娃只好把自己丢了文具盒的事告诉语文老师陈老师。陈老师说：“我帮你问问，有没有人拾到你的文具盒。”陈老师问了全班同学，大家都摇头。调皮的怡然说：“星星娃，你老是丢东西，有一天，你会把自己给丢了，都不知道怎么回事啊，我们到时全球发微信找你噢。”

陈老师严肃地说：“我问问值班老师，看看有没有人拾去上交。你，要长记性，东西自己要管好。不要老是忘记。”

星星娃点了点头，她满脑子是：我的文具盒会魔法，它竟然把自己给弄丢了。她坐下上课，脑子里还是在想着文具盒，真奇怪，文具盒会魔法，它是怎么飞走的，怎么我一点儿感觉也没有。这时，下课铃声响了，陈老师走进教室，手里拿着她的文具盒。老师走到她面前，说：“星星娃，你的文具盒落在厕所的洗手台上，是你自己拿到那儿，还是同学跟你开玩笑藏到那儿的？”

星星娃感到太奇怪了，她想不起来，自己的文具盒怎么会飞到厕所去呢，难道文具盒真的会魔法吗？

星星娃结结巴巴地说：“老师，我也忘了，是不是，文具盒，会魔法，跑到厕所去了。”

陈老师笑了，把文具盒交给星星娃，说：“你要长记性，东西不要乱扔，可能是你自己上厕所，把文具盒带上，忘记拿回来吧。”

星星娃接过文具盒，坐下，打开文具盒，里面的文具一点也没少。她想不通，为何文具盒会跑到厕所去，她问同学，没有人承认把她的文具盒藏到厕所。她想，也不会有人开这样的玩笑，文具盒真的会魔法啊！

星星娃跑去问洗厕所的王老师，王老师告诉她，文具盒放在洗手盆旁，一定是自己拿了放在那，忘记带走的。星星娃听了，还是没想通，怎么自己会把文具盒拿到厕所去了，是文具盒真的会魔法啊！

回家时，星星娃又把文具盒的事告诉妈妈。妈妈笑了，说：“你自己要学会管好自己。”星星娃丢下书包，赤着脚，从客厅去卧室拿东西，走到过道，砰的一声，摔倒在地。

妈妈从厨房走出来，看星星娃摔倒在地，哭着爬不起来，她说：“你看，不穿拖鞋，这就是后果，摔疼了吧。”

星星娃哭着要妈妈抱，妈妈说：“呼呼就好。”说着妈妈蹲下身，抚摩了一下星星娃的膝盖。星星娃靠在妈妈的身上，慢慢地停止了哭泣。妈妈要星星娃去找拖鞋，穿上拖鞋走路，才不会在滑溜的地板上摔跤。

星星娃去找拖鞋，她小心翼翼地找了客厅，没找到，又蹑手蹑脚地找了卧室，找到一只，又慢走找了另一间卧室，没找到，她气得叫喊：“妈妈，我的拖鞋都跑到哪儿去了，只找到一只。”妈妈说：“你自己再找找，你穿到哪扔到哪，谁知道啊。”星星娃又找，在洗手间的洗手盆下找到了两双拖鞋。星星娃责怪拖鞋：“你们跟我捉迷藏，怎么不在鞋柜里好好地待着，跑到洗手间藏起来，真是捣蛋鬼。”星星娃穿上拖鞋，不用蹑手蹑脚地走路了，她昂头走到客厅，拿起作业本要做作业，却忘记了作业是什么，她只好对妈妈说：“妈妈，我忘记作业了，要问怡然了。”

怡然与星星娃同住一个小区，平时经常玩来玩去。星星娃从怡然那儿问来了作业，怕妈妈责怪她，就埋下头，认真地做起来。就像口渴的小马，找到了水似的。

一会儿工夫，星星娃就做完了作业。妈妈也煮好饭了，一家人吃饭，妈妈说："下午放学你自己回来，妈妈上班，没空接你。"

星星娃答应了。

三

下午放学了，夕阳在教学楼的西边，拿着红色的画笔，把天涂成一片片红色。同学们像骆驼一样，一个个驮着书包，走出校门，在校门口被爸爸妈妈接走了，星星娃没见到接她的妈妈，才想起中午妈妈讲的话，就背起书包，走回家。她看到前面有个同学，像是怡然，就跑上去，一看，果然是同一小区的怡然，她就问："怡然，你也没人接啊？"

怡然说："我爸爸妈妈上班没空，让我自己回家。"

星星娃说："我也是，没人接，一起走吧。"

星星娃拉着怡然的手，两人叽叽喳喳地边走边说话，像是两只没人管的小麻雀。怡然说："你看，这里的店很多，都是卖我喜欢的东西，是不是去遛遛，反正回家还早。"

校门口摆满了孩子们喜欢的东西，在夕阳下闪着各色的光，像是一个个小魔仙，施着魔法，迷惑星星娃和怡然，怡然抛了抛她的马尾辫，和星星娃这边看看，那边摸摸，在这个摊点蹲下，瞧瞧小玩意儿；在那个摊点流连忘返，看看小精品。

两个小女生边玩边走，边走边玩，她们来到了一个精品屋，怡然大叫一声："哇哇，这里的东西好美啊，这里面精品真多啊，有各种各样说不出的东西，我从没见过啊。"

两人兴奋地跑进去，店里亮着灯，灯光把货架上的小精品照得闪闪发光。小精品像是知道她们来了，一个个笑眯眯地看着她们，直冲她们点头。

怡然叫道："噢，我想要的芭比娃娃，一个个躲在这里等我啊。"

怡然欢叫着奔过去，抱起芭比娃娃就坐在地上，玩起来。星星娃没有一下子看到喜欢的玩具，她边走边看，看到一个海螺，她就想到了妈妈带她到海边玩的事，看到了一串漂亮的玻璃珠子，她就拿起来，往脖子上挂，想到了爸爸带她游苏州杭州的事。

星星娃看到了一个漂亮的相册，她拿起来摸摸，自言自语地说："要是我能有这样一本相册就好了，我的相片就能分类放进去了，我就可以向同学们说，这是我刚出生时的照片，这是我小小班时的，这是我小班时的，这是我中班时的，这是我大班时的，多好啊。"星星娃想到这儿，不由得转头找售货员。

柜台里，坐着一个女孩，头从柜台上露出来，头发长长的，像怡然正在玩的芭比娃娃。星星娃理了理垂到眼前的头发，叫道："姐姐，相册怎么卖啊？"芭比女孩听到她脆脆的声音，走过来，看了看星星娃，说："这相册三十元，小妹妹，你要吗？"

星星娃说："这是我喜欢的，也是我想要的，但我要跟妈妈说，征得她同意才行。"芭比女孩说："你自己没钱吗？"星星娃说："我自己有钱，我存钱罐里有很多的钱，我妈说不能向别人说的，我要买东西，要跟我妈说，这样比较好。我妈说了，不能在外面随便买东西的。"芭比女孩听了，叮铃铃地笑起来，说："那好啊，跟妈妈说了，就来我这买，我给你留着。"

星星娃像大人一样，满意地回答："好吧。"星星娃又浏览货架，她看到货架顶层放着布娃娃，惊喜地叫道："企鹅，我最喜欢啦。"她踮起脚要去拿，可是够不着，她跳了跳，还是够不着。她就叫："姐姐，帮我拿一下企鹅娃娃。"芭比女孩走过来，从货架上拿下企鹅布娃娃。星星娃仰着头，伸着两手等着接，企鹅布娃娃刚到她够得着的位置，她就一下子抱了过去，把布娃娃贴在胸前，拍着说："企鹅，企鹅，你真好，你躲在这儿，让我找，来来，姐姐跟你玩跑跑。"

星星娃提着企鹅翅膀，在地上跑起来。跑着跑着，她看到她的文具盒跑到货架上了，她就指着文具盒，说：“姐姐，那是我的文具盒，你怎么把我的文具盒拿去呢？”芭比女孩偷偷地笑了，走过来问：“哪个是你的文具盒？”

星星娃指着货架上那个跟她一样的粉红文具盒，说：“在那，那个就是我的文具盒啦！”

芭比女孩顺着星星娃指的方向一看，货架上，一个粉红色的鱼形文具盒叠在一个白色的上面，盒上有一层塑料薄膜。

芭比女孩说：“那是我店的文具盒啦，我们在卖的。”“不，那是我的，那是我的。”星星娃嚷嚷着，跳着要去拿文具盒。

芭比女孩说：“不信，你看看你的书包。”

星星娃从肩上拿下书包，急急地掏书包，她找到文具盒，拿出来一看，跟货架上的一模一样。她噫了一声，说：“好奇怪啊，明明是我的盒子，却一会儿在书包里，一会儿在货架上，我的文具盒真的会魔法啊。”

芭比女孩掩着嘴笑了：“你看，我们的文具盒还待在那儿呢，你的文具盒拿在你手上，怎么说文具盒有魔法哟。”

星星娃看了看，想了一下，说：“不好意思，那是我弄错了。”

星星娃把文具盒放进书包，继续玩着企鹅娃娃，怡然玩着芭比娃娃。她们边玩边自言自语，调皮的时间娃娃看了看她们，偷偷地溜了，不知跑走了多少个时间娃娃。芭比女孩发现时间很晚了，她喊道：“小妹妹，你们的爸妈怎么还没来接你们啊。”

星星娃这才记起了回家，她着急地说：“糟了，我妈一定急死了。”她叫道：“怡然，回家，你妈急死了。”

怡然说：“我才玩一会儿呢，怎么会啊。”

芭比女孩说：“你们已经在这玩了两个钟头了，还说一会儿，快点回家吧。”

外面，天已经黑下来了，星星娃听到了无巢可归的鸟儿站在电线上，叽叽喳喳地叫着。

天黑下来了，黑鬼把星星娃的记忆抓走了，星星娃找不到标记了，她忘了回家的路怎么走了。星星娃茫然地问："怡然，你知道回家的路怎么走吗？"怡然看了看外面亮亮的灯，到处都是一样的，没有她记忆的标记，她摇了摇头，忽儿又大声说："问芭比姐姐啊。"

星星娃点了点头，问道："芭比姐姐，我们要回家啊，路怎么走啊？"

芭比女孩一愣，笑着说："你家在哪啊？"星星娃说："天天花园啊。"

芭比女孩走过去，一手拉着星星娃，一手拉着怡然，说："走，我指给你们。"她们走到店门外，芭比女孩指着路说："往这个方向一直走，不要拐弯，你就会看到你们的小区。记住，不能在路上玩，你们的爸妈可能找急你们了。"

四

电线上，鸟儿叽叽喳喳地抢着说话，天拉黑了脸，路灯给天涂上了橙红色。星星娃拉着怡然，道了谢，一起沿着家的方向走去了。星星娃说："我们回家，一定被骂死了。"

怡然说："我妈会打死我的。"

"那赶紧走吧。"星星娃小跑起来，怡然跟在后面跑起来。书包在她们的背后扑扑地拍着背，像是有人拍着她们的背似的。一会儿，怡然弯着腰，低着头，喘着气说："跑不动了，休息一下吧。"

星星娃停了下来，喘着气说："好吧，慢慢走。"怡然抬起头，看着路旁，叫道："鱼，那么多漂亮的鱼。"

星星娃转头一看，路边拐角处有个饭店，门口有个透明的玻璃，玻璃上有很多的鱼儿游来游去，灯光下，鱼儿闪着五颜六色的光。两人跑过去，仔细地瞧着玻璃，星星娃惊奇地叫道："好多鱼啊，我从来没见过这么多的鱼儿。"怡然说："好漂亮啊，你看，它们在水里游来游去，要是我也能在水里游来游去多好啊。"

星星娃说："我们那叫游泳，鱼儿这叫走路。"怡然说："不对，鱼儿也叫游泳。"

星星娃说："我妈说的，她说鱼儿在水里走路，人在地上走路，都叫走路。"

"你妈说错了，人在地上走路就叫走路，鱼儿在水里走路就叫游。"怡然反驳说。

星星娃想了想，说："你说得也对啊，我妈那样说好像也行啊，我妈那是把鱼当人看啊。"

怡然笑了，她指着玻璃问："我们抓一下鱼，行不行，鱼儿会不会咬我啊。"

星星娃好奇地说："试试看吧。"说着，两人就靠近玻璃。星星娃屏住气，伸出右手，对着游过来的一条鱼抓下去，她碰到硬硬的凉凉的玻璃，手一阵痛。星星娃甩着手，叫道："嘶嘶，好痛啊，隔着玻璃，我们捉不到啊。"

怡然听她这么说，原来是怕着的，心一直扑腾个不停，听星星娃这么说，她也慢慢地伸出手，有点害怕地向玻璃伸过去，她见一条红色的鱼游过来，用力捉下去，手痛得直叫。

星星娃说："我不是告诉你啦，隔着玻璃，你怎么还捉啊。"

怡然说："我不知道什么是隔着玻璃，现在懂了，隔着，就是捉不到，就是你捉了，手会痛啊。"

星星娃笑了，两个人就蹲在那儿，盯着鱼儿，看它们在那悠闲自在地游过来游过去，好玩得又忘记了回家。

再说，时间娃娃跑到星星娃家，把天用黑色画笔涂黑了，告诉他们星星娃还未回家，星星娃的爸妈下班见不到她，着急起来，妈妈急忙打电话问老师，老师说："放学好几个小时了，孩子怎么还没回家，找找看。"

妈妈想起了怡然，会不会跑到她家去啊。妈妈打电话给怡然妈，怡然妈也在找女儿，而且把消息发到微信里了。星星娃的爸妈头大起来了。

两人关上了门，拿起手机，出门找女儿。

小区门口，他们碰到了怡然的爸妈，一人拿一把大大的手机，边走边打电话找女儿。怡然妈见是星妈，说："我微信了，朋友们都说孩子没去她们家，看来，这两个贪玩的孩子，是相约到什么地方玩去了啊。"

星妈拿出她的大手机，像是拿个大砖头，说："既然你全微信了，我就不用再微信了。"

星爸说："小区公园我找了，没有孩子。这样吧，我们分头找，沿着学校两旁的街道找找看，找不到再报警吧。"

于是，大人们就分头找起来了。他们一间店铺，一间店铺地找。

找了很久，还是没找到孩子，星妈着急了，她打电话给怡然妈，怡然妈也说没找到。

她们着急了。星爸说："报警吧，让警察帮忙找一找，这两个小屁孩，不知是躲到哪去了，还是被坏人拐走了。"

星妈就打电话给怡然妈，怡然妈说："好吧，那你就报警吧。"

星爸就站在街旁，拨通了110报警电话。电话响了两声。星妈叫道："星爸，你看，街角的饭店，有两个小孩子，会不会是她们。"

星爸近视眼，看不到，他说："我没看见啊。"警察接起电话，问道："哪里，请讲！"

星爸就把帮忙找孩子的事说了。警察说："我们马上安排。"

星爸挂了电话，星妈说："跑过去看看，是不是两小孩跑到那儿，忘记回家了。"

星妈小跑过去，近了，街灯照亮了饭店的玻璃缸，两个小屁孩蹲在那里，对着玻璃缸里的五彩斑斓的鱼指指点点。

星妈叫道："星星娃。"

星星娃听到后面有人叫，转过头，见是星妈跑过来，就叫道:“妈妈，你快来看，鱼儿，好好看的鱼儿嘛。”

星爸打电话给怡然爸:“孩子在饭店门口玩，过来。”

怡然爸妈过来了，叫道:“怡然，你怎么不回家?”

两个小屁孩站起来，向着她们的爸妈跑过去。

这时，一辆警车开过来，下来两个警察，询问星爸，星爸点头说:“谢谢你们，孩子刚找到。”

警察敬了个礼:“找到就好，以后别急着报警，自己先找找。”

星爸点点头，连声道谢。警车闪着蓝光走了，两个孩子拉着她们妈妈的手，向着家的方向走去。星星娃说:“妈妈，鱼太好玩了，我和怡然看得都入迷了……”

妈妈说:“傻孩子，再好玩，也要记得回家啊，这一次，连警察叔叔都出动找你了。”

“妈妈，我记住了，以后不会的。”星星娃知错就改地说。

怡然像只做错事的小熊猫，吧唧吧唧地跟着星星娃应答。

心碑

炎炎夏日，人一动就满身是汗。

黄全和带着工程队在鸡鸣市乡村修建公路，这是一段通往革命老区的公路，工人们顶着烈日在砌地基，黄全和站在路基旁，戴着草笠，像个农民，抬头看着周围环境。

公路两旁，一列列的砖瓦结构平房，穿着黄泥的外衣，静静地坐在路旁，任由烈日暴晒，显得老气、无力、颓废。黄全和转了转头，像是要找什么似的，但是没有找到。

黄全和感叹道："公路两旁没看到一座钢筋混凝土结构的房子，新中国成立几十年了，老区还是这么穷，真让人难以置信啊。"

施工员丁当说："这里交通不便，没有公路啊。没有路，经济就发展不起来。要想富，先修路啊。"

黄全和说："那我们要造质量最好的路，给老区添福啊。"黄全和用毛巾擦了擦流下来的汗水，望着烈日下的一列列平房，似乎在谋划着什么大事。

这时，一个戴着旧斗笠的人，走进了他的视线，这人佝偻着背，低着头，提着一个蛇皮袋，沿着公路，边走边从地上捡破烂儿，他捡起一个矿泉水瓶，在阳光下看了看，满意地放进蛇皮袋里，抬起头看看流火的天，擦了擦汗水，他那黄铜似的脸上，皱纹像一条条沟，显然是个老人，老人低着头往前走，似乎在地上寻找金子。一辆大货车快速开过来，喇叭急急地响了三四声，老人急急地往路旁闪，大货车没有减速，扬起一路的灰尘，扬长而去。老人看着远去的汽车，向着汽车吐了两口唾沫。

老人走到黄全和身边，黄全和抽出中华烟，分一根给他，笑着问："阿伯，你捡破烂儿，真辛苦啊，一个月能卖多少钱？"

老人把烟放在鼻前闻了闻，又抬头看了看他，见黄全和像弥勒佛一样地微笑着，就答道："一个月 200 元左右，我靠捡破烂过日子，不捡，日子就过不了。"

黄全和拿出打火机，给老人点上烟，又说："你在路上捡，很危险的，来往的车辆很多啊。"

老人叹了口气，说："穷人的命是不值钱的，不捡日子过不下去啊。"

黄全和说："你的生活费，我给你，你找其他活干吧。"

老人听了，说："老板，我拿你的钱，不好啊，我们全村都是穷人啊，你帮了我，你帮得了全村吗？这样的事，要政府来帮啊，若是让全村人都发家致富，这是最好的，你给我钱，不如给我活干，我还能干活，你看我，看起来人很老，其实，我只有五十岁，我们这儿穷，少吃少穿的，人个个看起来显老啊。"

黄全和看着他没牙的嘴巴，想了想，老人说得也对啊，他说："你看，我的工程队在这干活，你有没有兴趣来，一天工资 100 元，吃三餐。"

老人看了看砌地基的工人，说："行，这活我干得来，我可以当小工。"

黄全和见老人同意了，从口袋里拿出 500 元，递给老人说："你先回家，把钱给家人，然后，再来工作吧。"施工员丁当走过来。黄全和把事情交代给他。

老人和丁当走下公路，一起向老人家里走去。不一会儿，五六个年轻人和老人一起来到施工工地。

黄全和一怔，问道："你们有事吗？"

老人说："黄总，我们村穷，没地方去，你就让这些年轻人到你的工地上干活吧。”黄全和问丁当：“容得下吗？”

丁当说：“我们还缺工呢，正想再招一些呢！”

“还须招多少？”

“需要30人。”

黄全和站起来，走了两步。抬起头来，说：“这些人全留下来，以老带新，让老工人手把手地教他们。”他拉着老人的手说：“老伯，你和丁当一起，就地取材，到附近老区招工，让本地青年有活干，你就不要去当小工了。”

老黄泪眼汪汪的，他抹了一下眼，说道：“好人啊，善人啊！”

老黄和丁当走了。

黄全和看着远处那破旧的房子，想着自己讲过的话：我是农民的儿子，农民理解农民，我应该为他们做一些事。他脑子里浮现出自己的承诺：“全和路修到哪，慈善要做到哪！”

黄全和让会计根据预算，测算一下这条路的盈利情况。会计是个老会计，算盘打得精，他就着老算盘，噼里啪啦地拨了一会儿，把测算情况报告给他。

黄全和听了，望着公路两旁的破旧平房，心想：扣除再生产投资，我还是赚得不少，开漳圣王陈元光有保佑，我要做慈善。在革命时期，这里的百姓为红军，为解放事业做出了无私的贡献，如今，这里的百姓生活还是如此艰难，我得尽我的力量，给他们一些安慰。

黄全和带上老会计老林，戴着斗笠，走进老区村，他一个村一个村地走访。走访完，他的心情变得很沉重，像是有块石头压着似的。他万万没想到，老区还是这么瘦弱，像个营养严重不良的人。

黄全和回到临时工棚，他坐在塑料椅上，用斗笠扇着风，叹气道：“老林，设立奖学金，分发养老金补贴，村村通水泥路，你看需要多少钱。”

老林笑说：“我们赚的那点钱是九牛一毛。如果不修路，前面两项还是勉强能应付。”

黄全和抬头，用手抚着下巴，眼望着公路两旁的破旧平房。良久，他又说：“看来，我要打报告，让政府来帮忙。趁着我们在这修公路的机会，把老区的公路也村村通。我们每个村都帮他们一下，这样，就可促进这项工程顺利开展。”

老林说：“黄总，你这想法不错，让村委会打报告，向镇、市申请。”

“好，就这么做。我让小黄代村委会写申请报告。”老林听了，就走出工棚，叫来秘书小黄，小黄是个贫困生，刚从大学毕业，因读大学时得黄总资助，为了感恩，决定留下来和黄总干，她跟黄总说不要给她开工资。黄总说：“你如果不要工资，我是不敢请你，相反，我要给你开比别人更高的工资，因为你是个懂得感恩的人，俗话说，好人要有好报，你有感恩之心，就是一个好人，不能让你吃亏。”

小黄没话说，留在黄全和的公司里，全心全意地工作，把全和工程公司当成自己的家。黄全和很高兴，就给她开高过别人一倍的工资。

小黄来了，黄总把自己的想法说了。小黄高兴地说：“好啊，黄总做的事，是为政府在感恩百姓啊，政府欠老区人民太多了，开漳圣王让您来替他们办这事。”

黄总摆了摆手，笑说：“小黄，你言重了，去办吧，写完我看一下，再打印给各村。我也要打报告给市里，我先写，写完你再打字。”

黄全和花了两天的时间写完了报告。他让人把老区修路报告连同各村的修路申报直接放到市委书记的办公桌上。

市委林书记看完这一份特殊的报告，吃了一大惊。他拨通了黄全和的手机。说：“黄总，你修国道，怎么管起了村路呢？”

黄全和把具体情况向林书记做了个汇报，最后他激动地说：“林书记，我每个村捐助10万元，你向上级打报告，市、县、镇、村四级政府各出一点，这修路的问题不就解决了。刚好我在这修国道，我可以国道村路一起修啊。”

林书记笑说：“你黄全和总是做倒贴钱的事，好，难得你有这份慈善之心，我这市委书记不答应，就不是人了，这村路就你去铺吧。”

黄全和满脸春色，像弥勒佛一样笑哈哈的。在黄全和的推动下，村路的建设也开工了。经过一年时间，老区的国道修好了，老区的村路也修完了。黄全和满意地看着四通八达的两级公路，心中充满了无限的安慰，他又为农民们解决了一件难事。

两级公路修完了，全和工程队该撤走了，黄全和看着修得很满意的公路，他走向小汽车，车旁站着一大群人。

黄全和感到意外。

这群人见黄全和来了，皆跪下，大声呼叫：“黄善人，我们感谢你。”

黄全和急忙扶起，其中一个带头的老人说：“每一村的村民自发树立石碑，石碑上刻着‘全和路’。”

黄全和一听，急急地说：“不能树碑啊，我没有那样的功德啊，我只是做了我想做的一点点小事，你们做得比我多，政府做得比我更多啊。”

老人说：“碑都树好了。”黄全和说：“你们这样是害我啊，害我让村民骂啊，不能这样做啊。”黄全和急了，他让司机开车到各村看看，果然如老人所言，十条村路，路口都树着“全和路”的石碑。黄全和吃了一惊，他感动得流下了泪。他打电话请来了各村的主事人，告诉他们石碑不能树的道理。

各村主事人皆说：“黄总，这是村民的感恩之情啊，他们是真心地感谢您啊，没有您，我们这里的村路，怎么可能变成水泥路呢，我们不知还要在坑坑洼洼中再走多久啊。”

黄全和说：“你们若是真的要感谢我，那就把碑拆了，这才是真正感谢我，若是树碑，是在给我树敌啊，你们要感谢，就感谢市政府吧，没有市委林书记的大力支持，我也是没有办法啊。”

各村的主事人说：“这是民意啊，黄总，民意不可违啊！”

黄全和说：“我给大家跪下了，求你们把碑给拆了吧。”说着，黄全和要下跪，各村的主事人急忙拉住他的双手。

大家七嘴八舌地说：“黄总，我们拆，我们把你的恩情放在心中，我们在心中为你树碑。”

各村村民不舍地拆了“全和路”的石碑，但他们把全和路的石碑树在了心中了。

外村人来村里收购蔬菜，为村里变化惊奇，纷纷问起这路是谁修的。村民们骄傲地大声说：“这是全和路，黄全和铺的路。”

外村人嚷道：“我们那也有全和路啊，也是黄全和铺的啊！他……”

八哥的自由

八哥从竹林里被捉，被驯鸟人带回家，驯鸟人强度驯化它。

八哥感到很痛苦，它反抗，多次想逃，想逃离这非人的世界，但没有成功。

八哥被训练得会说人话了，八哥会讲：您好，谢谢，笨蛋。

八哥会说人话了，八哥很自信。

驯鸟人把八哥高价出卖了，一个美丽的女孩成了八哥的新主人。

八哥来到了新主人家，会说话的八哥有事没事就说着那六个字，以打发无聊的日子。

八哥说着人话，不由得有了灵性，八哥的脑子一下子活起来了，它那泯灭的逃亡念头又跑出来。它想逃出笼子，回到它喜欢的大自然。那里有茂密的森林，宽阔的土地，新鲜的空气，还有它喜欢吃的虫子。

可是八哥被关在笼子里，没有办法逃出去。

八哥的新主人是个白领，她工作很忙，每天只有黄昏的时候才回到家，主人一回来，就到花园里来，逗八哥玩，女主人要八哥说“您好，谢谢”。每一次都乐此不疲，不厌其烦。

八哥见美女主人跟它说话，本来很无聊的它，就不停地说“你好、谢谢”，美女主人很高兴，而它说了“笨蛋”，主人就不高兴了。

八哥感到美女主人真是有趣，同样从它嘴里说出来的话，怎么“笨蛋”主人就不高兴呢。八哥想不通，觉得挺好玩的，它决定跟主人玩一玩，试一试。

第二天，美女主人下了班，又来逗它，主人边走边叹气，八哥想：主人不高兴了，她碰到不开心的事了。当美女主人要它说“谢谢”时，八哥就直接说：“笨蛋”“笨蛋，”主人气得转过头离开，不理睬它了。

八哥很高兴，它暗想：我有希望回到大自然了。

第三天，美女主人下了班，又来到花园逗它，美女主人对八哥说：“您好，谢谢。”

八哥偏了一下头，扇了扇翅膀，张开嘴巴，生气地对着美女主人嚷道：“笨蛋、笨蛋。”

美女主人很生气，说：“你今天没有东西吃了，让你饿一天，看看你明天会不会骂我笨蛋。”

八哥见美女真的生气，威胁今天不给它饭吃，它害怕了，连忙转口说：“您好，谢谢！”

美女主人笑了，她悦耳的笑声让八哥很高兴。晚上，主人给了它可口的饭菜，八哥吃得很饱，吃得很饱的八哥又有思想了。八哥变得小心翼翼了，它决定寻找更好的机会，以实现它回家的伟大计划。

有一天，天很热，太阳像是生气似的发着大火。

八哥心里很烦，它烦躁地跳来跳去，见大杯子里有水，它就不停地把头伸到大杯子里洗脸，把水喷到身子上降温。八哥重复做这洗脸的动作，乐此不疲。

屋外传来了咔嚓咔嚓的开门声，美女主人回家了。

美女主人满脸怒气，她一进门，就把包包抛到沙发上，把鞋子蹬到地上，气哼哼地倚在沙发上。打开电视机，不断地变换着频道。

八哥在花园里，听到美女主人回来了，但没有出来逗它，它就生气地叫了两声：“笨蛋、笨蛋。”

美女主人听到八哥的叫声，心情不由得轻松了一下，她站起来，走出大厅，来到笼子前，对着八哥说：“您好，八哥。”

八哥偏了偏头，在笼子跳了一圈，不理睬美女主人的叫唤。

美女主人又说："您好！八哥。"

美女主人连续叫了两声"您好"，八哥好像没听见，它在笼子里跳来跳去，偏着头。美女主人不高兴，满脸乌云密布，她伸出手指头，点了点八哥的身子。八哥不理睬美女，它抬起头，看着美女主人，点了点头，又偏了偏头。生气地连声喊道："笨蛋、笨蛋。"

美女主人怒气冲天，她虎着脸，用手指着它，嚷道："你再叫，我就饿死你。"

八哥也生气了，它快速地又溜出四个字："笨蛋、笨蛋。"

美女主人生气地说："好，今天，不给你吃的，看你还喊不喊我笨蛋。"

八哥听到美女要饿死它，更生气了，它接连不断地说："笨蛋、笨蛋。"

美女主人暴跳如雷，嚷道："你这死鸟，我在外头受人欺负，本想回家，找你解解闷，没想到你也骂我，今天我就把你给杀了，煮了鸟汤喝，看你还会不会骂人。"

八哥在笼子里跳上跳下，不停地扇了扇翅膀。又偏着头，看着美女主人，继续调皮地大声叫："笨蛋，笨蛋。"

美女主人跳了跳，她气得要打鸟，可是鸟关在笼子里，够不着。她就把挂在树上的鸟笼拿下来，放在地上，打开鸟笼门，大声道："我要把你做了鸟汤了，看你还骂不骂人。"

八哥看到美女主人像只母老虎一样地吼叫，有点儿怕了，它见鸟笼门打开，美女主人用手指着它骂。它闪电般地向笼门冲去，它成功地冲出笼门。

美女主人只顾骂，见八哥冲出笼门，叫道："你想跑，没门儿。"

八哥迈着细细的小腿，在地上小跑起来。

美女主人弯着腰，伸手要抓它，边跑边叫："别跑。"

八哥听到美女主人的急叫，快速地蹬着小腿，急急地在地上迈着小碎步跑。

八哥与美女玩起了游戏。像猫捉老鼠般，一个在前头跑，一个在后面追。

美女主人叫道："别跑，我要抓到你。"

八哥边跑边跳，它大声尖叫："笨蛋，笨蛋。"

美女主人更是愤怒，快步地追赶，一前一后，像是捉迷藏似的。

八哥跑得急，它扑棱着翅膀，边跑边跳。

美女主人喊道："你别想飞，我会抓到你的。"

八哥想：对啊，我会飞呢，我为什么不飞起来，飞起来美女主人就抓不到我了。

八哥想到这，兴奋地扇动了一下翅膀，它一下子就飞了起来，先低后高地围着花园飞了一圈。它飞到树上，在树上跳了两跳。又兴奋地扇动翅膀。八哥两脚一蹬，又飞起来了，八哥扑棱着翅膀，它飞到美女主人的头顶上，用翅膀拍打了一下美女的头。

美女主人尖叫了一声，叫道："你这死鸟，怎么敢打我。"

八哥快乐起来了，它发现自己真能飞了。

八哥飞在半空中，自由地滑翔着，滑翔让它快乐无比，它幸福地笑了，它幸福地尖叫着。

八哥满身的幸福感抑制不住了，它快乐地叫着："您好，谢谢。"

美女主人追得气喘吁吁，她站在那喘着大气，叉腰看着八哥在半空中自由地飞翔。她想：八哥多么的自由，快乐啊，作为鸟的它多好啊，能在空中无拘无束地飞翔，天高任鸟飞。可是自己却要受别人的气，做人不如一只小鸟自由。

美女主人叹了口气。

这时，八哥那悦耳的"谢谢"声又传到美女主人耳中，美女主人笑了，她仰起头，笑得像是一朵玫瑰花，她对着盘旋的八哥，大声说："谢谢，谢谢。"

另一只雌八哥从高处飞过来，对着雄八哥高兴地说:“您好、您好。”

八哥见来了同伴，高兴地拍了拍翅膀，激动地叫道:“您好……”

美女也开心地笑了，她冲着八哥招手:“你好，八哥……”